KB115799

역마

역마

이묵돌

1	2	3	4	5	6	7	8	9
/	/	/	/	/	/	/	/	/
15	19	25	33	41	49	57	65	73

Prologue

누구나 살다보면 방황하게 될 때가, 혹은 방황하고 싶어질 때가 온다. 사실 우리가 태어나 죽어가는 그 순간까지를 모두 방황이라고 한들 큰 문제가 되진 않을 것이다. 나 같은 경우라면 더욱 그렇다. 나는 내가 기억하는 가장 오래된 다섯 살 때의 기억으로부터 지금에 이르기까지 단 한 순간도 방황하지 않은 적이 없었다. 어쩜 일 년 정도는 꽤 편안하지 않았나 싶다가도, 냉정히 생각해 보면 분명 나는 방황하고 있었다. 단지 방황하고 있을 때, 스스로가 방황하고 있다는 것만큼 인정하기 싫은 사실도 없다. '그래, 난 방황하고 있어' 라고 인정한다고 한들 당장 처해진 상황이 나아지거나 편안해지는 것도 아니다.

2017년 12월, 나는 이 년간 운영하던 '주식회사 리퍼블릭닷'을 잠정 폐업 상태로 돌렸다. 투자금은 바닥났고, 함께 일하던 다섯 명의 직원은 모두 정리했으며, 어떻게든 수익을 내 보려 했던 서비스 '리뷰리퍼블릭'은 몇 달의 기간에 걸쳐 천천히 폐쇄할 수밖에 없었다. 비록 작은 회사, 작은 서비스였지만, 아주 잠깐이라도 온 마음을 쏟았던 것이 돌연 사라져 버리는 일은 누구라도 견디기 어렵다.

나는 학창시절 때처럼, 대학을 다니던 때처럼, 너무 힘들고 고된 아르바이트를 하게 됐을 때처럼, 내 과거로 인해 다니던 회사에 피해를 끼쳤던 때처럼 도망치려 했다. 그러나 이번만큼은 도망칠 곳이 없었다. 그곳은 내가 세운 회사였고, 내가 만든 팀이었고, 내가 기획한 서비스였다. 되려 날 위로하는 직원들을 모두 집에 보낸 뒤 혼자 텅 빈 사무실에 남아 내가 저지른 실패의 상흔들을 매만지면서, 진심으로 죽고 싶다는 마음이 들었다. 당장의 실패가 비극적이어서가 아니라, 앞으로 어떤 일도 시작할 수 없을 거라는 확신 때문이었다.

그래서인지 2018년은 내게 유독 힘겨운 한 해였다. 첫 두어 달에는 빚을 갚아야 했다. 빚을 갚는 일은 재미있었다. 온전히 내가 책임져야 하는 것들을 위해 일하는 동안에는 그 어떤 다른 생각도 할 필요가 없었다. 나는 뭔가에 쫓기는 사람처럼 일에 몰두했고, 4월이 되기 전에 대부분의 빚을 갚을 수 있었다.

그러나 숨통이 트이고 살아남기 위해 반드시 해야 할 일들이 바닥날 때쯤, 나는 잊어버렸던 실패를 상기했으며 더 이상 내 꿈이나 이상, 비전을 위해 어떤 일을 기획하고 혹은 덜컥 시작해버릴 수 있는 동력 같은 것들이 모조리 바닥났음을 깨달았다. 살고 싶지가 않았다. 아무럼 사람이 살아가는 이유가 그저 매일 먹을 음식과 잠잘 곳을 마련하기 위해서라면 누구라도 살고 싶지 않을 것이다. 난 그저 '살기 위해' 살고 있었고, 온종일 집에 틀어박혀 게임이나 하다가, 가끔 들어오는 강연이나 외주 같은 소일거리나 받아 연명하고 있었다.

내가 다섯번 째 책을 계약했다는 사실을 떠올린 건 정확히 그 무렵이었다. 당장 갚을 빚을 위해, 선인세나 받아볼 요량으로 덜컥 책 계약을 해 버렸던 것이다. 책이야 바로 튀어나오는 것도 아니니 일단 받기만 하면 무이자로 돈을 빌리는 것과 다를 바 없다고 생각했던 모양이다. 그러나 막상 마감이 닥쳐오니 뭐라도 하지 않으면 안 되겠다는 생각이 들었다. 책임져야 할 때 책임지지 않으면 나중에 더 큰 책임을 떠맡게 된다는 것을, 불과 몇 달 전의 패배로부터 뼈저리게 깨달았기 때문이다.

그러나 남은 한 달 남짓 동안 책 한 권을 써내기란 여간 어려운 것이 아니었다. 기획이야 선인세를 받을 당시에 미리 해 놓았지만, 정작 내용을 쓰려니 A4 한 장도 제대로 채울 수 없었다. 생각해 보면 내가 마지막으로 책을 쓴 것이 2015년이었고, 창업한답시고 이 년이 넘도록 제대로 글을 써 본 적이 없었다. 그런 주제에 나는 책 한 권쯤이야 언제든지 뚝딱 써 낼 수 있으리라고 믿었던 것이다.

마감의 중압감은 상당했다. 나는 마감을 애써 무시하고자 한동안 말초적인 욕구를 쫓았는데, 얼마지 않아 살이 뒤룩뒤룩 쪄서는 얼굴에 기름기가 가득했고, 주위에는 소모적인 인간관계들이 계속됐으며, 하루 온종일 게임으로 시간을 흘려 보냈다. 자정이 넘어서 작업을 시작해, 두 문단 정도를 써내려가다가 죄다 지워버리는 일을 반복했다. 삼 년 선에는 할 수 있었던 일을 이제는 할 수 없다니!

어느 날 갑자기 자전거 타는 법을 잊어버린 것만 같았다. 어느 순간부터는 밤낮도 잊어버리고, 밥때도 가물가물했고, 죽은 것과 다를 바 없는 나날들이 이어졌다.

그렇게 마감 날짜를 넘겼다. 나는 당연히 작업을 끝내지 못했고, 뒤늦게 출판사에 전화해 이런저런 말도 안 되는 핑계를 대며 한 달만 시간을 더 주십사 애걸복걸했다. 그렇게 한 달을 더 벌었기로서니 이렇다 할 대안이 있는 것도 아니었다.

열여덟 시간 넘게 잠만 잔 날도 있었다. 그날 서울 전역에 비가 내렸는데, 얼마나 쏟아졌는지 반지하에 있는 내 방 베란다에 물이 가득 차오를 정도였다. 나는 갑자기 화가 치밀어서 외투도 우산도 없이 무작정 바깥으로 뛰쳐 나가 비에 흠뻑 젖은 채 신림동을 배회했다. 그리고 이렇게 답답한 도시에서는 도저히 글을 쓸 수 없다는 결론에 이르렀다.

당시 내 수중에는 삼백만 원 정도가 있었다. 남은 빚이 없는 건 아니었지만, 혹시나 모를 일을 대비해서 모아 뒀던 돈이었다. 나는 이 돈을 갖고 무작정 길을 나서기로 했다. 목적지도 계획도 없이,

돌아오는 날짜도 정하지 않고, 그렇게 떠나서 글을 다 쓴 뒤에야 돌아오기로 했다. 어떤 작가는 글 마감을 하려고 스스로를 감옥에 가뒀다는데, 나는 간히는 게 세상에서 제일 싫은 인간이라 그렇게는 할 수 없었다. 차라리 정처없이 떠돌아다니는 쪽이 좋겠다고 판단했다. 출판사 측에 '내가 이렇게 필사적으로 노력하고 있다'는 메시지를 주고 싶기도 했고, 이왕지사 제대로 방황해 보자는 심리도 있었던 것 같다.

그렇게 나는 서울을 떠났다. 한쪽 어깨에 배낭 하나만 걸머지고 전국을 떠돌았던 시간은 수 개월 전 내가 서명한 계약서에 책임을 지는 과정이었으며, 한편으로는 전도유망한 척하는 청년 창업가에서 글 쓰는 삶으로 돌아가는 시간이기도 했다.

그 근본 없는 여정 가운데 일기처럼 써 올린 방랑기가 이토록 많은 사람들에게 읽히고 사랑받을 줄은, 심지어 책으로까지 내게 될 줄은 전혀 상상하지 못했다. 나는 나의 이런 진지한 글을 읽을 사람은 열 명도 채 되지 않으리라고 생각해 왔는데, 한 번도 생각지 못한 부분에서 내 가장 깊은 곳으로부터의 뭔가가 채워지는 기분을 느꼈다. 나는,

어쩌면 마음껏 방황하고 싶었던 사람이 나뿐이 아니라는 것을, 그저 방황함으로써 얻을 수 있는 것들이 있고, 그것으로 말미암아 어디론가 나아갈 수 있다는 것을 알았다. 이 여정 이후로 나는 다시 한 번 글을 쓰기로 결심했으며 지금은 이 책의 서론을 쓰고 앉아 있으니 세상일이란 정말 알 수가 없다.

세상에는 정말 알 수 없는 일투성이다. 그래서 우리의 삶이란 늘 골칫덩이고, 애물단지다. 그래서 난 방향도 없이 방황했다. 그러나 세상에는, 방황하지 않고선 결코 깨달을 수 없는 사실도 있다.

난 당신이 살면서 한 번쯤 거대한 방황을 경험하길 바란다. 거창한 해외여행이나 남부럽지 않은 휴양지로의 여정이 아니어도 좋다. 산이든, 바다든, 어디 머나먼 시골동네라고 해도 좋다. 침대에 드러누워 눈을 감았는데, 내일 어떤 일이 있을지 가늠조차 안 되는 나날들을 보내보길 바란다. 살면서 딱 한 번쯤은 목적도, 목적지도, 만날 사람이나 이렇다 할 용무 혹은 약속도 없이 훌쩍 떠나버릴 수 있는 거니까. 이유는 달리 없다. 다만 방황은 다 끝난 뒤에야 그 이유를 깨닫게 되곤 한다.

답은커녕 질문도 없이 떠나간 곳에서 과연 어떤 것들을 찾고 잃을지는 알 수 없다. 난 그저 알 수 없는 당신의 방황에 아주 사소한 참고나 되길 바라는 마음으로, 부끄럽기 짝이 없는 나의 방황기를 이곳에 적어두기로 했다.

1

　연초에 보살을 찾아갔다. 점을 보기 위해서였다. 보살은 한자로 된 내 이름과 생년생시를 물어보더니 이내 소리를 질렀다. 역마!

　네? 뜻을 몰라서 한 말은 아니었다. 보살은 내게 역마살이 너무 세서 '평생 떠돌아다니다가 객사할 팔자'라고 했다. 어……집은요? 매년 바뀔 거야! 안정적인 직장은? 니가 못 버텨서 나와! 하는 일은? 음…….

　좋은 말만 듣고 싶어서 사주를 보러 간 것은 아니다. 다만 그 보살의 퍼부음은 사주보다 저주에 가깝게 느껴질 정도였다.

　그 후로 몇 달이 지났다. 창업했던 회사를 정리한 뒤, 빚을 갚겠다고 온 서울을 들쑤시며 돈을 벌었다. 다소 정리를 했다 싶었더니 인세를 당겨 받겠다고 계약했던 책 두 권이 삶을 다시 고정시켰다. 다시금 마감에 쫓기는 삶. 이걸 되찾았다고 해야 할지, 되돌아왔다고 해야 할지.

수면제, 잠, 일어나서 대충 때우는 밥, 인스턴트 커피를 물에 태워 책상에 앉기. 어, 내가 뭘 하려고 했더라? 하다가 경황없이 원고 파일을 연다. 분량으로는 일주일 전과 차이가 없다. 지난 일주일 동안 뭘 했지? 글 쓰다 지우는 일을 골백번은 반복한 것이 떠올랐다.

집안 공기가 답답해 창문을 열어 환기를 했다. 별 차이가 없어 밖으로 나갔다. 대학동의 공기도 답답하기는 매한가지였다. 이러니 환기가 의미가 없지, 하다가 맥없이 집으로 돌아갔다. 서울의 공기 한 줌, 사람 한 명 한 명이 모두 내 목을 졸랐다.

머릿속이 빈 나에게는 더 이상 토해낼 글이 없었다. 그럼에도 어떻게든 손가락을 움직여 보여야 숨통이 트였다. 생각해 보면 그마저도 스트레스였다. 예전과 달라진 내 글, 단어 하나 문장 한 줄을 쓸 때도 사람들의 반응을 가늠하며 쓰는 내 태도가 역겨워 견딜 수가 없었다. 이제 어떤 영혼으로, 어떤 글을 써도 구독자는 줄어들 수밖에 없다. 차라리 아무것도 하지 않고, 아무 것도 쓰지 않는 것이 내 값어치에 악영향이 덜하다.

그건 사람들이 글을 읽지 않고 단어를 보기 때문이야, 같은 말을 되뇌다가, 내가 쓴 원고를 다시 쭉 훑었다. 무척 구렸다. 그래, 구독자가 떨어지는 건 내 글이 구려서지 누구 탓이겠느냐고. 난 어제 쓴 문장을 다섯 줄 정도 지워 버렸다. 그리곤 그 모양 그대로 두세 시간 정도를 그냥 앉아 있다가, 침대에 누워 졸피뎀을 세 알 집어삼키고 기절하면 내일 저녁이 왔다.

이렇게 사는 것이 무슨 의미가 있나? 이렇게 글을 쓰는 것이 어떤 가치가 있나? 내게 명확히 있는 것이라곤 지난날 영혼을 팔아 채운 통장잔고뿐이었다.

난 서울을 떠나기로 했다. 노트북이 든 메신저 백을 둘러메고, 기약 없이 집을 떠났다. 어딜 가든 글은 쓸 수 있다. 글을 완성하기 전까지는 이 멍청한 도시에 돌아오지 않으리라. 자리에는 내가 떠나고 역마가 왔다.

2

택시를 타고 고속버스터미널로 향했다. 삼십 분 남짓한 시간이 지나 도착했다. 내릴 때쯤 택시기사가 경부선이냐 호남선이냐 물었다. 나는 이 초쯤 생각하다가 그냥 아무 데나 가려구요, 했다. 기사는 별 희한한 놈 다 보겠다는 눈빛으로 터미널 어귀에 차를 멈췄다. 나는 문득 〈오발탄〉의 결말을 떠올렸다. 물론 내 사랑니는 멀쩡히 있다.

택시에서 내려 호남선 터미널로 들어갔다. 호남선 터미널이라서 들어간 것이 아니라 들어간 곳이 마침 호남선 터미널이었다. 목적지가 좌판처럼 늘어서 있는 승강장을 둘러봤다. 목적지를 정하기 앞서 어떤 기준으로 목적지를 정해야 할지부터 정해야 한다. 나는 퍽 재미있어서 웃었다.

논산행 표를 샀다. 특별한 이유는 없었다. 굳이

이유가 있다면 삼십 분 내로 출발할 수 있는 노선 중에 논산이 있었기 때문이다. 다만 표를 사고 나서야 아차, 했다. 누가 보기에는 훈련소에 가는 줄 알 것이다. 뭐 따지자면 글 쓰는 훈련을 하러 가는 것 아닌가. 아무래도 좋다는 기분으로 물 한 병 사서 버스 좌석에 들어앉았다.

달리는 버스 안에서는 달리 할일이 없다. 휴대폰을 들여다보거나, 창밖을 보거나…… 떠오르는 선택지가 두 개 뿐이라는 게 짜증이 났다. 노트북을 꺼내 글을 쓰기 시작했다. 이 얼마나 반항적이고 생산적이냐. 나는 내가 대견했다. 유치한 감각이었다. 이런 유치한 게 필요했다는 느낌이, 불쑥하고.

논산 터미널은 작다 못해 귀여운 크기였다. 아니, 엄밀히 보면 출발했던 센트럴시티가 무식하게 큰 쪽 아닌가? 전국적으로 보면 논산 터미널 같은 곳이 더 많을 텐데. 이따위 잡생각을 하면서 터미널 근처를 무작정 걷기 시작했다. 한쪽은 개구리 소리가 들리는 논밭, 또 다른 쪽은 술집과 당구장 그리고 네온사인이 즐비한 상가. 그 사이에 자리잡은 횡단보도는 무슨 조화를 부렸기로서니 거기 있는가 싶다.

한 시간 정도를 줄곧 걷기만 했다. 금방이라도 비가 올 것 같은 날씨였다. 비 대신 후덥지근한 공기만 쏟아졌다. 왜 하필 청바지를 입고 나왔을까? 다리에 땀이 차기 시작했다. 다행히 가방에 농구할 때 입는 반바지를 챙겨왔다. 그러나 사람이 없다한들 길거리에서 바지를 갈아입고 싶지는 않았다. 아직 고생을 덜했기 때문이겠지. 그래도 출발한 날까지는 좀 고결해도 괜찮은 것 아닌가. 나는 꾹 참고 걷다가, 길모퉁이에 처박혀 아무도 가지 않을 것 같은 모텔로 들어갔다.

사만 원이었다. 리모델링은 커녕 근 몇 년간은 제대로 된 보수도 하지 않은 것 같았다. 아주머니는 그나마 경치 감상도 어렵도록 일층의 방을 내줬다. 분명 이삼 층에 방이 없는 것은 아닐 텐데. 생각하다 별 말없이 묵고 가는 것도 뜻이겠거니 했다. 막말로 일이층 더 올라간들 뭐가 더 보이겠는가. 인생도 경관도 더 멀리 보려는 욕심은 매한가지다.

침침한 형광등 불빛, 배려 없이 딱딱한 침대, 할머니 옷장에서 갓 꺼내온 듯한 침구, 맨발에 쩍쩍 달라붙는 방바닥. 그러나 뭣보다 곤혹스러운 것은 온수가 나오지 않는 수도꼭지였다. 나는 두 번이나 나가서 온수가 나오지 않는다 했다. 아주머니가 보일러 문제가 있다며 크게 미안해했다. 난 의심하지 않는 마음으로 방에 들어가 찬물을 뒤집어썼다. 나쁘지 않았다. 온수는 다음 날 아침이 되어서야 잘 나왔다.

피곤했다. 꽤 걸었던 탓이다. 돌침대를 떠올릴 만큼 딱딱한 잠자리에도 절로 눈이 감겼다. 나는 글 몇 자라도 더 쓰다 잠들겠노라는 각오로 일어나 노트북 화면을 띄웠다. 알고 보니 모텔은 논산역으로 뻗은 철길 옆에 있었다. 십 분, 십오 분 간격으로 기차 지나가는 소리가 요란하게 났다. 그 소리를 반찬 삼아 글을 써 대는 스스로가 변태 같았다. 나쁘지 않은 텐션이었다.

쓰던 부분을 마무리하고, 떠나온 것에 대해 얼마간 전화를 하다가 새벽 두세 시쯤 지쳐 잠들었다. 그 시각에 수면제 없이 잠든 건 오랜만이었다. 이튿날 눈을 떠 보니 암막커튼 사이로 꿉꿉한 햇빛이 비집고 들어오고 있었다. 시간은 점심때를 지났나. 여기는 체크아웃도 따로 없나? 모든 것이 구질

구질하군. 나는 비로소 내 자리를 찾은 것만 같았다. 너댓 평 되는 모텔방에 역마가 찾아왔다. 난 여유로이 떠날 채비를 했다. 오늘은 비가 올 것 같다.

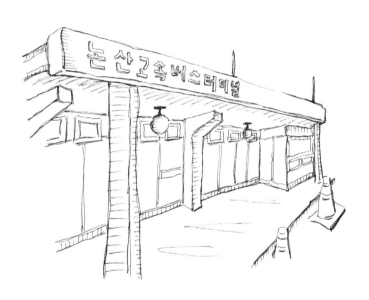

3

꼬질꼬질한 날씨였다. 모텔방에서 기껏 말리고 나온 머리가 바람에 다 헝클어졌다. 뉴스에선 중부지방에 강한 비가 내린다고 했다. 논산은 꿉꿉한 하늘에 바람만 불어 대고 있으니 아마도 남부지방인 모양이었다. 모텔 건물 뒤쪽 아무도 없는 공터를 거닐었다. 지난밤엔 보이지 않던 철로가 머리 위로 우뚝 늘어져 있고, 그 앞으로 진 응달에 묶었던 모텔 건물이 들어차 있었다. 나는 기차가 지나가는 것을 두 번쯤 더 지켜보다가 다시 길을 나섰다.

해가 뜬 논산. 논산역으로 가는 길에는 허름한 가게와 아저씨들이 서 있었다. 마흔이 넘어 보이는 장정 다섯이 농기구인지 뭔지 모를 기계를 중간에 놓고 떠들었다. 그 기계가 도통 무엇인지, 아재들이 어떤 이야기를 하고 있었는지는 알 수 없었다. 아마 죽는 순간까지 알 수 없을 것이다. 당초 뭘 알 기 위해 떠난 여정도 아니었다.

논산역은 고속철도가 정차하는 역 치곤 아담했 다. 역에 오긴 왔는데 어디로 갈지를 정하지 않았 다. 생각해 보니 살면서 튀김소보로를 먹어본 적 이 없었다. 그래서 역에서 서대전으로 향하는 표를 끊었다. 흠, 먹었는데 맛이 없으면 어떡하지? 그럼 맛이 없었다고 글로 쓰면 될 일이었다. 실로 명료 했다.

고속철도는 지나치게 빨랐다. 이미 지불한 운 임은 둘째치더라도 그렇게 빠른 교통수단을 쓸 이 유는 없었다. 도리어 내겐 도착지까지 여유가 있는 쪽이 좋았을 것이다. 넘실대는 풍경을 옆에 놓고 글 쓰는 일에는 꽤 익숙하다. 그럼에도 고속철도를 잡아 탄 이유는 논산에서 서대전으로 향하는 노선 중에 고속이 아닌 철도가 없었기 때문이다. 나중에 알고보니 아예 없는 것은 아니었고, 시간대가 맞지 않았을 뿐이었다. 세상에 그만큼 빠르고 싶어서 빠 른 것들이 얼마나 있을까.

서대전역에는 사람이 꽤 많았다. 고작 하룻밤

있었던 논산을 기준삼아 비교한 것이다. 이리 놓고 보니 서울에는 얼마나 사람이 많은가, 그 좁아터진 공기를 얼마나 많은 사람들이 나눠 먹고 있는가. 한숨 같은 생각을 하며 서대전역 앞 버스 정류장에 섰다. 대흥동 성당으로 향하는 육백십이 번 버스는 도착까지 십일 분이 남았다. 나는 용케 택시를 타지 않고 버스를 기다렸다. 살던 동네에서 삼 분 남은 버스가 답답해 택시를 탔던 기억이 떠올라 괜히 웃었다.

버스는 예닐곱 정류장을 지나 성당 앞에 도착했다. 나는 성당이 좋다. 외할머니의 영향으로 다섯 살에 세례를 받았지만 지금은 다니지 않은 지 꽤 됐다. 성당은 그저 과하다는 느낌이 없었다. 동네 여느 건물들 사이에 그냥 그러려니 하고 서 있다. 전 세계에 있는 모든 성당이 똑같겠느냐만, 적어도 내가 봐 온 성당들은 그랬다. 수줍다면 수줍고, 단아하다면 단아하다 할 수 있는 멋이 있었다. 성당 앞에는 번화한 사거리가 있었다. 대흥동 성당은 그 사거리에서 가장 높은 건물이었는데, 그럼에도 높이 올려다보아야 거기 있었다. 성전은 베이지색이었으며 합장하는 모양이었다.

나는 길모퉁이를 돌아 성심당 본점으로 향했다. 조금 전 사거리보다 더 번화한 거리가 펼쳐졌다. 성심당 앞에는 유난히 사람이 붐볐다. 나는 성심당에서 두 가지, 빵의 종류가 생각보다 훨씬 다양하다는 것과, 빵가게에서 틀어 놓은 배경음악이 한화이글스 응원가라는 것에 놀랐다. 이 빵 저 빵을 둘러보다 결국 튀김소보로와 목장우유만 하나씩 사서 나왔다.

튀김소보로는 눈물이 날 만큼 맛있었다. 물론 정말로 눈물을 흘리지는 않았다. 안구건조증이 있기 때문이다. 내가 느끼기에 튀김소보로의 진가는 튀김보다도 팥 앙금에 있었다. 꽉 차 있으면서도 넘치지 않는, 달게 발려오면서도 물리지 않는. 오갈 곳이 없어 길거리 벤치에 앉아 먹는데도 그렇게 맛있을 수가 없었다. 하나쯤 더 사먹어도 좋지 않을까 하는 생각이 들었다. 그러나 한 번 더 먹는다고 똑같은 맛이 나진 않겠지. 가장 맛있게 먹은 지금 떠나야만 또 올 수 있겠지. 난 성심당으로부터 발길을 돌려 나가는 스스로가 기특해 죽을 지경이었다. 상으로 나중에 튀김소보로나 줘야지. 그땐 팥 아니라 고구마 앙금이 들어간 것으로 줘야지.

나는 조금 떨어진 카페에 앉아 글을 썼다. 그리고 근처에서 대학을 다니는 지인과 만나 오랫동안 이야기를 했다. 서울을 떠나온 감상에 대한 이야기, 회사를 정리한 이야기, 최근 느낀 인간관계의 의미에 대한 이야기. 오래 이야기를 하다 보니 허기가 졌다. 카페에서 프레첼과 진저비어를 주문해 함께 먹었다. 프레첼에는 크림치즈가 있었고 진저비어에는 알콜이 없었다. 배불리 먹고 지인의 집으로 가서 신세를 지기로 했다.

닌텐도 스위치를 처음 만져 봤다. 〈슈퍼 마리오 오디세이〉와 〈젤다의 전설 야생의 숨결〉을 조금씩 플레이해 봤다. 아주 잠깐 했을 뿐인데 글을 다 쓰고 서울로 돌아가면 반드시 닌텐도 스위치를 사야겠다 생각이 들었다. 실제로 샀다.

남의 집에서 오래 게임을 붙잡고 있는 건 실례 같아서, 곧 끄고 이야기를 나누다 바닥에 누워 잠을 청했다. 침대 위에서 지인은 내게 내일은 어디로 갈 거냐, 어디가지 말고 같이 전시회나 가자 했다. 나는 잘 모르겠다고 대답했다.

새벽 다섯 시쯤 역마 발소리에 잠이 깼다. 나는 그 길로 집을 나와 터미널로 향했다. 아직 잠들어 있을 지인에게는 미안했다. 다음에 또 보자는 짧은 문자만 남겼다. 내가 어딜 가겠나? 나도 잘 몰라서 터미널 직원에게 아무 데나 가는 가장 빠른 표 주세요, 했다. 직원은 눈썹을 치켜올리며 내 얼굴을 살피다가, 곧 육천구백 원입니다, 했다. 내밀었던 카드는 표와 함께 돌아왔다. 표에는 오전 여섯 시 삼십 분에 전주로 가라고 돼 있다.

4

터미널에 도착하니 아침이었다. 대전에서 전주까지는 버스를 타고 한 시간 반이 걸렸다. 전날 밤에는 선잠도 제대로 못 이뤘다. 다만 그런 것 치곤 정신이 말똥했다. 버스 안에서 노트북을 꺼내 글을 썼다. 전주의 하늘은 대전과 비슷했다. 차이가 있다면 좀 전까지 비가 내린 모양이다.

터미널을 나와 방향을 하나 잡고 걸었다. 터미널에서 멀어질수록 큰 길은 작은 길이, 작은 건물은 큰 건물이 됐다. 버스에 오르기 직전 급하게 욱여넣었던 우동과 김밥이 울렁거려서 더 걷기로 했다. 삼십 분쯤 걷다 지도를 봤다. 지도가 가던 길로 쭉 걸으면 한옥마을이 나온다고 했다. 나는 쭉 더 걸었다. 걷던 길 옆 골목에 덩굴과 이끼가 잔뜩 엉켜 있었다. 멈춰 서서 멍하게 쳐다보고 있으려니

십 분이 넘게 지났다. 덕분에 한옥마을에는 십 분 늦게 도착했다.

칙칙한 건물들 사이로 기와 올린 한옥들이 늘어섰다. 횡단보도 너머로도 한옥마을임을 알 수 있었다. 전주한옥마을은 유명한 관광지다. 페이스북 뉴스피드에서도 심심하면 나온다. 도착해서 휴대폰을 보니 시간은 오전 열 시가 채 안 됐다. 사람은 많지 않았다.

전주에 도착했다 하니 뭘 먹으라는 연락이 많았다. 그래도 전주에 왔으니 비빔밥을 먹어야겠다 싶어 적당한 곳을 찾아 들어갔다. 왜 전주에서 비빔밥 같은 걸 먹냐는 핀잔을 받았지만 무시했다. 비빔밥이 맛이 있으면 얼마나 맛이 있겠는가. 재료가 다르면 얼마나 다르겠는가. 나도 안다. 다만 내게 음식은 먹고 싶은 기분이 중요하다. 맛이야 그 다음이다. 먹고 싶어 먹는데 맛 없기도 어렵다.

식당에 들어가니 인기척은 있는데 접객하는 사람이 보이지 않았다. 창가 쪽 적당한 자리를 잡아 앉았더니 급히 아주머니 한 분이 나온다. 무안하단 표정으로 뭐 주문하시겠어요, 한다. 비빔밥 주세요, 했더니 예, 미안합니다 하고 도로 들어갔다. 무슨 미안할 짓을 하셨나 싶다. 비빔밥에 버섯만 안 넣으면 좋겠다 생각했다.

몇 분 동안 창밖을 내다보고 있으니 음식이 나왔다. 그릇만 내려놓고 가시는 걸 보니 전주비빔밥이라고 먹는 방법이 따로 있진 않은 모양이었다. 나는 젓가락을 들어 밥과 나물과 고추장을 엮었다. 그러고 보니 숟가락보다 젓가락으로 섞는 게 더 편하다는 걸 어디서 들었지. 떠올려 보니 옛사람이었다. 처음에는 시큰둥했다. 젓가락으로 밥을 어떻게 비벼. 글쎄, 한 번 해 보라니까? 젓가락이 얇아서 구석구석 더 잘 섞여⋯⋯. 그래, 언젠가 전주에 비빔밥이나 먹으러 가자, 했던 기억이 났다. 된장국을 한 모금 삼키고 비빔밥을 한 숟갈 떠 입에 갖다 넣었다. 맛있다.

밥을 먹고 나오니 날씨가 한층 무덥다. 옷에는 땀 냄새가 뱄다. 어제오늘 해서 두 시간은 잤을까? 여기에 배까지 부르니 몸이 천근만근이었다. 숙소를 찾아간들 체크인이 되는 시간도 아니었다. 급한 대로 찜질방을 찾았다. 간단하게 몸을 씻고 나왔다. 탈의한 뒤 찜질방으로 내려갔다. 찜질방에는 작은 식당 칸이 있었다. 미숫가루라도 한잔하려니 사람이 없다. 사람이 어디 갔나, 주위를 둘러보다가 금방 포기했다. 깔개와 베개 하나 챙겨 수면실로 들어갔다. 사람이라곤 나밖에 없었다. 전세 낸 기분으로 드러누워 눈을 감았다.

다시 눈 떠 보니 아직 해가 쨍쨍하다. 꿈도 한 번 안 꾸고 깊게 잤다. 아차 싶어 시계를 보니 겨우 두 시간 남짓 지나 있다. 수면실을 나가니 식당 칸에는 아직도 사람이 없다. 입으로 에이, 하고 옆 자판기에서 쌕쌕 한 캔을 뽑아 마셨다. 이 사이즈에 천 원은 너무한 것 아닌가 싶었다. 하긴 자판기 앞에서 불평한들 누가 듣겠나. 신세도 졌으니 장사 좀 보태 주는 건 또 어떻겠나. 꿀꺽꿀꺽 다 마시고 분리수거 쓰레기통에 던졌다. 첫 시도는 튕겨 나왔다. 가서 주운 뒤 다시 던져 넣었다. 깔끔하게 들어갔다.

찜질방에서 옷을 갈아입고 나왔다. 해가 중천으로 떠올랐다. 한옥마을을 가로질러 걸었다. 그사이 사람이 대여섯 배는 늘었다. 대부분 수학여행을 온 중고등학생 같았다. 수학여행을 오는 것이 이맘때쯤이었나? 학창시절이 먼 옛날처럼 느껴지는 스스로가 새삼스럽다. 언제부터였나. 수학여행이 기억이 나지 않고, 수능에 대해 이야기하지 않게 되고, 중고등학생 시절 친구들과 연락이 뜸해진 것이. 더 듣어도 감각없는 기억이 있다는 건 슬픈 일이었다. 이런 슬픔도 모월 모일에는 잊게 되겠지. 또 언젠가는 모월 모일이 언제인지조차 모르게 되겠지.

한옥의 행렬이 뜸해질 쯤이었다. 한복과 들뜬 마음을 입고 다니던 사람들도 하나둘 사라졌다. 한옥체험, 게스트하우스라 적힌 간판들이 보였다. 나는 하늘기와라는 게스트하우스에 짐을 풀었다. 작고 나직한 방과 마루와 마당을 봤다. 삼만 오천 원이었다. 오만 원을 달라고 해도 줬을 것이다. 아기를 안은 아주머니 한 분이 계란 두 알과 오렌지주스를 내 왔다. 허기가 져서 금방 먹고 접시를 돌려줬다. 그 아주머니가 주인이 아니라 그냥 장기 투숙객이라는 걸 나중에 알고 놀랐다.

마루에 걸터앉아 글을 썼다. 저녁이 금방 다가왔다. 노트북에 충전기를 꽂아 놓고 숙소를 나왔다. 사람이 점심때의 두 배가 됐다. 오사카에 갔을 때 우연히 접했던 마쓰리가 떠올랐다. 그런 분위기였다. 만두를 늘어놓고 파는 가게가 있어 들어갔다. 시너 개를 집이 계산했다. 육천 원이 나왔다.

그 자리에 앉아 다 먹고 나니 배가 무척 불렀다. 숙소로 발길을 돌리는데 하나둘씩 장사를 정리하고 있다. 여덟 시도 되지 않은 시간이었는데. 서울이라면 새벽 한두 시까지 술판이 섰을 것이다.

숙소로 돌아와 몸을 간단히 씻고 양치를 했다. 방구석에 개어 놓인 이불을 펴서 깔았다. 맨 아래쪽 비단이불이 시대착오적으로 무거웠다. 옛날 외할머니 집에 있던 이불이 떠올랐다. 오색나비가 수놓인 비단이불이었다. 외할머니는 그 무겁고 두꺼운 이불을 혼자 빨고 꿰맸다. 아무 무늬 없는 비단이불 아래에 누웠다. 몸을 일으켜 불을 끄니 아무것도 보이지 않았다. 그대로 잠들었다가 새벽 두 시쯤 다시 깼다. 문을 열어 보니 마루에는 비가 흩뿌리고 있었다. 나는 우산도 없이 야행을 나갔다.

나무와 수풀이 흐드러진 개울이었다. 한옥마을의 전구 색 불빛과 어두운 밤하늘이 물감처럼 뒤엉켜 있었다. 견딜 수 없이 기분이 좋았다. 전주는 좋은 도시다. 이런 곳에선 하루 정도 더 있어도 괜찮지 않을까. 역마는 아쉬움을 쫓아서 왔다. 나는 바람을 등지고 숙소로 돌아갔다. 더 멀리 가자. 내일은 여수에 가야겠다.

5

문을 두드리는 소리에 잠이 깼다. 주인 아주머니였다. 시계를 확인해 보니 오전 열한 시 반이었다. 체크아웃은 열두 시다. 이 아주머니 칼 같군, 네, 네, 하고 일어났다.

새벽 다섯 시까지 글을 쓰다 잤다. 하품을 뻐끔뻐끔하다가, 피곤해서 다시 드러누웠다가, 곧 일어나 씻고 나갈 채비를 했다. 열두 시 오 분 전까지 간신히 가방을 메고 나오니 인기척이 없다. 그냥 가면 되는 건가? 하긴, 체크아웃이라야 열두 시 전에 방만 잘 비우면 되는 거겠지.

한옥마을은 어제 점심보다 붐볐다. 금요일이기도 하고, 날씨도 선선했다. 아침 겸 점심으로 콩나물국밥을 먹기로 했다. 근처에서 유명하다는 삼백집을 찾아갔다. 자리에는 온통 수학여행 온 학생들

뿐이다. 대기시간도 시간이거니와 이 분위기에선 국물이 코로 들어가겠다 싶어 다른 가게를 찾았다. 점심때라 사람 많은 건 매한가지였다. 십 분쯤 지나 음식이 나왔는데 어디선가 먹어본 맛이다. 전주현대옥. 이거 서울에도 있었던 것 같은데⋯⋯맛은 있어 별 상관없는 문제였다.

끼니를 해결하고 여수로 가는 교통편을 알아봤다. 이러나저러나 가장 빠른 건 고속철도였다. 모바일로 티켓을 발급하고 전주역으로 이동했다. 한옥마을과 헤어지는 게 여러모로 아쉬웠는데, 기와를 올린 한옥역사가 떠나는 이 달래는 모양 같아 좀 웃겼다. 사진 한 장 급하게 찍고 기차에 올라탔다. 전주에서 여수까지는 한 시간이 좀 넘는 여정이다.

탈 것 위에 앉아 있을 땐 잠이 오질 않는다. 노트북을 꺼내 글을 쓰는데 옆자리에 앉은 승객이 신경 쓰였다. 글 쓸 때 뒤나 옆에서 인기척이 있으면 집중이 안 된다. 다행히 얼마지 않아 옆자리 승객은 잠들었다. 타이핑 소리가 방해될까 싶어 조용히 글을 두드렸다. 생각해 보니 나는 아직도 내 글을 부끄러워하는 깃 같다.

여수엑스포역에 도착했다. 기차에서 꽤 많은 사람이 내렸다. 엑스포가 한참 지났어도 여수 밤바다는 여전한 모양이었다. 역 앞에는 탁 트인 광장. 왼쪽 한 편의 스피커에는 스튜디오 지브리 느낌이 물씬나는 동화적 음악이 흘러나오고 있었다. 그 이름 모를 음악이 좋아서, 전주보다 맑게 갠 하늘은 더 좋아서 멍하니 서있었다.

역에서 짧은 횡단보도를 건너면 곧바로 여수세계박람회장이다. 돔처럼 쭉 펼쳐진 통로가 무척 웅장했다. 하늘에다 검고 윤기 나는 벽돌을 수천 개, 늘어놓으면 이런 느낌이겠다. 한편으로는 거대한 바람길 같기도 했다. 기둥 사이사이로 바다 냄새 품은 바람이 쌔앵 흐른다.

박람회장을 지나 여수 시내로 들어갔다. 바다쪽으로 이십 분 정도를 내리 걸었다. 길 오른편에 벽돌로 올린 예쁜 건물이 한 채 있었다. 사진을 찍고 보니 게스트하우스였다. 건물도 예뻤고, 접근성도 좋아보였고, 뭣보다 지나가다 찾은 곳에서 묵고 간다는 게 멋있는 것 같아서, 당장 들어가 사 인실을 찾았다. 들어가 보니 아직 혼자였다. 잘됐다 싶어 간단히 몸을 씻고, 짐을 정리한 뒤 밖으로 나왔다. 바다에 가까워질수록 바람이 강해졌다.

올해 말까지는 물 근처에 가지 말라던 보살의 말을 기억하고 있다. 그걸 무시했다가 딱 작년 이맘때 쇄골을 다쳤다. 그런데 우리나라에 물 근처 빼면 갈 만한 곳이 확 줄어드는 것도 사실이다. 무시는 않되 맹신하지도 말자, 딱 그런 마음으로 여수를 찾았다. 땀을 뻘뻘 흘리며 바다 바로 앞에 있는 언덕에 올랐다. 길을 떠난 뒤 처음으로 보는 바다였다. 나는 경치에 홀려 하마터면 아래로 고꾸라질 뻔했다. 바닷빛과 푸른빛을 안간힘 써 가며 구분해야 정신을 부지할 수 있었다. 보살의 말이 맞다. 바다 앞에 놓여 이런 광경을 보고 있으면, 지금 죽어도 썩 나쁘지 않겠다는 생각이 든다.

내려가는 길에는 항아리 옆에서 자고 있는 고양이를 봤다. 인기척이 나자 게슴츠레 눈만 떠 보인다. 어디 네 까짓게 날 깨워, 하는 표정에 미소가 터졌다. 역시 고양이가 최고다. 아쉬움을 뒤로한 채 언덕을 내려왔다. 여수 바다 너머로 홍염이 삼켜지고 있었다.

숙소로 돌아가던 중 빵집에 들렀다. 단팥이 든 소보로빵과 이백미리 흰 우유를 사서 들어갔다. 원

고를 띄워 놓고 우물우물 먹었다. 튀김소보로가 생
각나는 맛이었다. 정처 없이 쓰다 시계를 보니 밤
열 시가 넘었다. 늦기 전에 빵이나 하나 더 사올 요
량으로 아래층으로 내려가니 떠드는 소리가 들렸
다. 게스트하우스 투숙객들이 모여 고기 파티를 하
고 있었다. 고기 냄새가 강렬했지만 구성원들이라
곤 냄새나는 남자들뿐이었다. 괜히 엮이고 싶지 않
다는 생각이 들었다.

　결국 홍이 올라 이차까지 따라가게 됐다. 오랜
만에 마신 맥주가 스위치였다. 적게는 한두 살, 많
게는 열 살이나 많은 형들을 쫄래쫄래 따라가다 낭
만포차거리에 도착했다. 분명 아까 왔던 곳 같은
데, 사람이 오십 배쯤 불어 있었다. 여수밤바다나
보면서 술이나 깨야지 했는데 그런 분위기는 아니
었다. 포차와 길가 테이블을 가리지 않고 청춘들
이 치고 앉았다. 남자 셋 여자 셋 합석해 술게임까
지 했다. 내가 마지막으로 술게임을 해 본 게 언제
였더라? 그런 건 유치하다고 생각하면서 한편으론
부러운 내가 싫었다. 일행 중 한 명이 자신이 나서
겠다며 여자들 무리에 말을 걸러 갈 때, 약간의 기
대를 가지는 나를 죽이고 싶었다. 나는 놀러온 게

아닌데. 여자들 뒤꽁무니나 쫓으러 온 게 아닌데.

일행의 시도는 당연히 실패했고, 결국 같이 주저앉아 맥주나 깨다 보니 시간은 자정을 넘었다. 새벽 한 시쯤 되니 비까지 흩날리기 시작했다. 포차들도 하나둘 파하는 분위기였다. 나는 홀로 빠져나와 근처 이십사시 오락실에서 농구 게임이나 하다가 숙소로 돌아왔다. 나는 서울에서 수백 킬로미터 떨어진 곳까지 와서도 철없는 생각을 했다는 게 한심해서 견딜 수 없었다. 분한 마음에 불 꺼진 방에서 새벽 네 시까지 글을 쓰다 지쳐 잠들었다.

역마가 깨서 시계를 보니 일곱 시 반이다. 피곤했지만 한시바삐 여수를 떠나야 한다는 생각이 들었다. 급히 씻으며 지도를 살펴봤다. 더 먼 곳으로 가서 나를 비워야 한다. 나는 땅끝까지 가기로 했다.

6

이른 아침이었다. 여수에는 바다 냄새 품은 안
개가 내려앉았다. 휴대폰으로 땅끝마을로 가는 길
을 찾았다. 여덟 시간? 도보로 가는 게 아닌데? 지
도가 설명하길, 땅끝마을로 가는 길은 터미널에
서 시외버스를 타고 서울을 경유해서……부터 읽
지 않았다. 가만 보니 네이버지도는 땅끝마을로 가
는 길을 모르는 것 같았다. 그럼 별 수 없지, 하고
터미널 방향으로 무작정 걸어갔다. 결국 사람 가는
길은 사람이 알 것이었다.

터미널 매표소에 머리를 들이대고, 땅끝마을
로 가려면 어떻게 해야 하나요, 했다. 줄무늬 폴로
티를 입은 할아버지는 자판을 톡톡 두드리면서, 뭐
하러 땅끝까지 가느냐 물었다. 솔직히 잘 모르겠습
니다, 했다. 생각해 보니 니는 땅끝마을에 가려고

하면서 땅끝마을이 뭐하는 곳인지도 몰랐다. 내가 하는 일은 뭐든 이 모양이었지. 그런 기분이 되니 웃음이 번졌다. 할아버지가 웃는 날 보더니 더 크게 웃었다. 카드를 달라고 했다. 만 오천삼백 원이란다.

표를 받아보니 여수에서 삼호로 화살표가 쳐졌다. 버스를 타고 여수에서 목포 아래에 있는 삼호라는 동네로 갔다. 목포 근처로 왔다는 걸 몇 시간 뒤 터미널에 내리고 나서야 알았다. 또 다시 매표소에서 땅끝마을요, 했더니 해남으로 가는 표를 뽑아줬다. 한 시간이 넘게 지나 해남 터미널에 다시 내렸다. 한반도 남쪽 끝 치곤 빌딩이 너무 많은 걸, 했더니 매표소 직원이 해남에서 땅끝이라 적힌 표를 또 뽑아준다.

버스를 세 번이나 타고 갈 필요가 있는 곳일까? 또 다시 네 바퀴 위에 몸을 싣고서야 이런 생각을 했다. 멍청한 놈. 가고 싶으면 다른 필요는 없는 거야. 답답함이 좀 나아졌다. 멀미는 아닌 모양이었다.

아침 일찍 출발해 점심 가까이 되어서야 땅끝마을에 도착했다. 버스에서 내리니 터미널 건물 하나 없이 '땅끝 정류소'라 돼 있다. 과연 지도 앱이

갈피를 못 잡을 만하다. 그러고 보니 터미널의 어원에 끝이라는 의미가 있었지. 그런데 진짜 *끄트머리*에는 터미널이란 것도 없구나. 혼자 생각하곤 꽤 그럴듯한 표현인걸, 일기에다 써야지, 하고 생각했다. 쓰고 보니 이렇게 자세하게 말할 필요는 없었을 것 같다. 멋없다.

정류소와 함께 날 맞이한 바다, 바닷바람. 원래 이렇게 바람이 많은 동네일까? 정류소에서 백 미터도 안 되는 거리에 커다란 돌이 서 있었다. '땅끝'이라 적혀 있다. 오른쪽으로 화살표가 난 걸 보니 진짜 땅끝은 좀 더 가야 있는 모양이었다. 몇몇 사람들은 그 돌이 진짜 땅끝인줄 아는 것 같았다. 껴들어서 죄송한데 진짜 땅끝은 좀 더 가야 있는 것 같은데요, 하고 얘기하려다 말았다. 어디가 진짜 땅끝이냐 하는 건 중요치 않으니까, 내가 끝까지 왔다고 생각하는 것이 결국 중요할 테니까.

진짜 땅끝은 내일이나 가 보도록 하고, 오늘은 마을을 둘러보기로 했다. 하루 묵을 만한 게스트하우스도 찾을 겸, 밥도 해결할 겸. 길을 걷다 보니 고양이 두 마리가 눈에 띄었다. 고양이에 홀려 따라가다 보니 한식당이 튀어나왔다. 여기가 너희 집이니? 요 식당의 영업사원은 요 녀석들인가 보다. 난 영업에 넘어갔음을 순순히 인정하고 가게에 들어갔다.

작고 오밀조밀한 느낌의 식당이었다. 굴비정식을 주문했다. 밥과 함께 반찬 예닐곱가지와 구운 굴비 두 마리, 시래기국이 나왔다. 찹쌀을 섞었는지 밥이 유난히 차지고 맛있다. 나는 밥과 국과 굴비를 남김없이 먹어치웠다. 급히 먹는 게 몸에 안 좋다는 사실은 다 먹고 난 뒤에 떠올렸다. 난 아무래도 일찍 죽을 팔자 같다.

밥을 먹고 계산할 때가 되어 보니 안내 문구가 보였다. 주인내외가 게스트하우스와 식당을 함께 하는 모양이었다. 여기 숙박도 하나요? 하니 그렇다고 한다. 밥이 이렇게 맛있는데 방이 구릴 리 없지. 그래서 밥값을 계산하면서 사인실 도미토리도 예약했다. 카페 이용과 다음날 조식 등에 대한 설명을 들었다. 체크인까지는 시간이 꽤 남아서, 바다 근처 카페에 찾아가 글을 썼다. 혹시나 해서 검색해 보니 땅끝마을에 게스트하우스는 딱 한 곳뿐이었다. 함께 사는 고양이가 예쁜 곳이라 한다. 참내, 고양이가 있으면 거기 갈 수밖에 없잖아.

글을 쓰다 숙소로 돌아가서 체크인했다. 케이프. 게스트하우스 이름이 잘 어울리는 방이었다. 바다를 앞에 둔 언덕, 그 언덕 위 이층 건물, 그 이층 건물 속 이층 침대. 창밖으로는 파도 치는 바다가 보이고 풀 흔드는 바람이 들렸다. 좋은 흐름이었다. 나는 다리를 틀고 앉아 노트북을 두드리기 시작했다. 배에서 비슷한 소리가 날 때까지 타자를 쳤다.

허기에 이끌려 마을로 나왔다. 점심에 갔던 식당을 또 가 볼까 하다가 바닷가로 나왔다. 항구에는 배가 있었다. 여객선 매표소에는 강풍으로 배가 못 뜬다고 돼 있다. 그럼 그렇지. 평소에도 이렇게 바람이 세게 불 리 없지. 이렇게 바람 잘 날 없다면 아이들은 어떻게 살겠느냐고……. 어쩜 다들 그래서 도시로, 서울로 떠밀려들 가나 보다. 그러다 두 다리로 바람을 견딜 수 있게 돼서야 이런 곳에 돌아오나 보다.

저녁때가 되니 불 켜진 건 죄 횟집들이다. 별 수 없이 아무 횟집이나 들어가 식사 됩니까, 했더니 딴 건 안 되고 회덮밥이 돼요, 했다. 난 회덮밥 하나에 막걸리 한 병 반주로 시켰다. 밥이 섞인다한들

회는 회다. 가족들 삼삼오오 모여 회와 매운탕을 먹고 있는 횟집 정중앙, 나는 혼밥에 혼술까지…… 완벽하다. 덮밥에 고추장을 많이 쳤는지 막걸리가 술술 들어왔다. 밥그릇보다 술병이 먼저 비었다.

돌아가서 글을 써야지, 했는데 고양이가 날 보자마자 도망쳤다. 이런, 고양이가 도망칠 만큼 술냄새가 나는 건가. 기껏해야 막걸리 한 병 마셨거늘. 요 상태로는 글을 쓸 수 없지, 하고 고양이를 좇았다. 사람은 고양이를 잡을 수 없다. 그 간단한 사실을 취기에 잊고 있었다. 고양이가 한심하다는 눈빛으로 날 봤다. 난 무릎에 손을 대고 헥헥, 너 내일 아침에 보자, 하고 방으로 들어갔다.

침대에 올라 노트북을 꺼냈다. 아, 씻고 양치해야지, 해서 주섬주섬 씻을거리를 챙겨 뒤늦게 화장실로 갔다. 간단히 샤워를 마치고 침대로 돌아왔다. 노트북은 가방에 쑤셔 넣고 베개에 머리부터 댔다. 내가 깜빡 잠든 자리에 역마가 와서 눕는다. 눈을 떠 보니 아침 일곱 시다. 뭐 때문에 깼나 하고 머리를 들어 창밖을 봤다. 어젯밤 자장가였던 바다는 금세 알람이 돼 있었다. 파도소리가 내게 가야지 가야지, 한나. 나는 답도 없이 세수를 하러 갔다.

7

자, 이제 어디로 갈까? 그전에 어젯밤 실례했던 고양이들에게 사과를 해야 했다. 짐을 챙겨 나갔는데 주인 내외가 식사나 하고 가라, 했다. 돈 받는 것도 아니었고, 먹고 가라는 얘기를 거절할 이유는 없다. 거창한 식사도 아니었다. 토스트 두 쪽과 포션버터, 딸기잼, 우유 한 컵과 계란 후라이 정도였다. 식후에는 무난하게 커피를 한 잔 했다. 이 정도면 썩 완벽하다.

조식을 끝내고 게스트하우스 마당에서 십 분을 서성거렸다. 결국 고양이는 보이지 않았고, 난 떠났다. 날 보고 싶지 않다는 양반을 억지로 뵐 순 없지. 인연이 된다면 다시 만날 것이다. 그때 너희들은 똑같은 무늬를 하고 있을까? 나는 어떤 무늬를 하고 있을까? 주인아저씨의 수염은 여전히 덥수룩

할까? 그때까지 내가 살아 있긴 할까? 시간이 충분히 흐르기 전까진 알 수 없다. 재밌다.

터미널에 가서 표를 끊기 전에, 어제 안 갔던 땅끝마을 탑비에 가보기로 했다. 땅끝. 화살표 바위 오른쪽으로 걸어가 보니 언덕 쪽으로 나무계단이 나있다. 십 분쯤 걸어 올라가니 모노레일 탑승장이 나왔다. 그렇지, 나더러 걸어서 가라는 건 아니었겠지, 하고 탑승장에 들어가 보니 강풍 때문에 모노레일을 운행하지 않는단다. 걸어서 탑비를 보고 전망대까지 가려면 사십 분이 걸린다고 친절하게 나와 있었다. 강풍에 사람은 괜찮고 모노레일은 안 괜찮다는 건가? 투덜거리면서 나와 걸었다. 아무래도 탑비 방향이었다.

탑비로 향하는 길은 사실상 비포장길이었다. 왼쪽 절벽 쪽에 나무 울타리만 대강 둘러쳐 놓았다. 나는 보살의 말을 기억하면서, 한 발짝 한 발짝 집중해 발을 내딛었다. 십오 분쯤 지나 탑비가 모습을 보였다. 이곳이 한반도 남쪽 끝이구나. 나는 탑비 앞에 서서 또 남쪽을 바라봤다. 끝이라고 하기엔 뭔가 좀 찝찝했다. 남쪽 끝 너머에 있는 이 바다를 건너면 뭐가 있었지. 아, 제주도. 더 남쪽에는,

더, 더 남쪽에는? 내 얕은 지식으로는 이어도가 끝이었다. 이어도는 사실상 갈 수 없는 곳이니 제쳐 놓고. 그래, 결정했다. 마라도로 가자. 이보다 합리적인 의사결정은 있을 수 없다.

갈 곳을 정한 직후의 나는 거침이 없었다. 그러나 전망대로 올라가는 길은 너무 길고 험난했다. 탑비로 가는 길과는 차원이 다른 오르막, 계단, 고통. 전망대로 올라가는 결정을 후회할 쯤에는 이미 절반 이상 지나온 차였다. 너무 늦었다. 나는 올라온 만큼 내려가는 것이 두려운 걸까, 앞으로 올라가는 길이 더 힘들 것이 두려운 걸까. 둘 다 아니다. 나는 그냥, 엿같이 재미없는 인생을 사는 게 두려운 거지. 난 계속 계단을 올랐고, 이십 분 뒤에는 전망대 칠 층에서 커피를 마시고 있었다.

평범한 전망대였다. 나는 귀한 커피를 마셨다 생각하고 마을로 내려갔다. 내려오는 길에 돌 묘지 같은 것이 있어 들여다봤다. 시인들이 땅끝을 주제로 쓴 시들이었다. 바람에 안긴 성긴 비자나무들이 마음대로 소리 내며 바람과 지겹게 입맞추는 곳…… 한 번 만나 보지도 않은 사람과 글만으로 친해진 기분이 든다면, 그 글은 웬만큼 잘 쓴 글이라 할 수 있겠지. 나는 평생 그런 글을 쓰고 싶었다.

전망대에서 마을로 내려오는 길은 완전한 포장 도로였다. 내리막길이라 크게 힘들진 않았다. 그냥 차로 오면 이만큼 쉽게 갈 수 있는 곳이었구나 싶었다. 박탈감 같은 건 없었다. 과정이 편안할수록 감회 없는 결과가 된다는 걸 이제는 안다.

떠날 방향도 정했으니 정류소로 가서 이동 수단을 강구했다. 마라도에 가려면 일단 제주도에 가야 하고, 제주도에 가려면 일단 항구에 가야 한다. 땅끝에서 바로 쏘는 여객선이 있으면 얼마나 좋을까? 하지만 돌아가는 게 큰일인 여정도 아니다. 이왕 가는 거 돌고 돌아, 크게크게 가자. 흥얼거리며 목포로 향하는 버스표를 끊었다.

버스 출발까지는 시간이 꽤 남았다. 격렬한 신체활동 덕택에 허기도 졌다. 난 전날 갔던 횟집과 다른 곳에 들어가서 식사 메뉴를 찾았다. 식당 아주머니께 고등어구이 정식 주세요, 하니 강풍 때문에 고기를 못 굽는단다. 그럼 어떤 게 되나요, 회덮밥……. 엑, 어제도 먹었는데. 어딘진 몰라도 우리 것이 더 맛있을 거여, 이런 자신감이라면 먹어 보지 않을 수 없다. 회덮밥은 맛없기도 힘든 음식이다.

점심때가 살짝 안 되는 오전이었다. 식당에는 손님이라곤 나 혼자뿐이었다. 회덮밥을 우걱우걱 먹었다. 덮밥에는 흰살 생선이 들어 있었는데, 무슨 생선인지 물어보려다 말았다. 내가 알아서 뭐할 건데. 뭐가 됐든 맛있으면 그만이었다. 지켜보던 아주머니 한 분이, 행색이 특이한데 뭐 하는 사람이냐 물었다. 그러게요, 난 뭐 하는 사람이었지? 잠깐 고민하다가. 어, 음, 글 쓰는 사람입니다. 했다. 글을 쓴다고? 젊은 나이에 대단하네, 하셨다. 글을 쓰는 일의 어디가 대단한 걸까, 글 쓰는 일이 대단하기로서니 난 그런 글을 쓸 수나 있을까. 내가 글 쓰는 사람이 맞긴 한 걸까. 감히 글 쓰는 사람이라 말하고 다녀도 되는 걸까. 생각해 보니 나는 요 생선 이름도 내 하는 일도 잘 모르고 있군, 이 식당 안에선 내가 제일 멍청한 사람이로군.

식사를 마치고 목포로 가는 버스에 올라탔다. 목포행 버스에서는 반쯤 졸았다. 이른 아침부터 몸도 움직였고, 회덮밥도 먹었다. 두 시간 정도 지나 터미널에 내렸다. 목포는 내 생각 이상으로 번화한 곳이었다. 터미널 안에 있는 영풍문고에서 윤동주 시집을 두 권 샀다. 큰 것 하나와 작은 것 하나. 하나는 휴대용이고 하나는 초휴대용이다. 집에서 갖고 나왔던 건 어디에선지 잃어버렸다. 논산 터미널 화장실에 두고 온 것 같지만 어디까지나 추측일 뿐 진실은 알 수 없다. 그래도 시집을 잃어버린다는 건 다른 잃어버리는 일과 비교해 얼마나 낭만적인가. 누군가는 줍고, 한 번쯤은 펴서 읽어보겠지. 이건 마치 시집을 보내는 마음……같은 표현을 생각했다가 혼났다. 이런 유치한 건 글에 안 써야 하는 건데 너무 생각 없이 써도 곤혹스럽다. 뭣보다 시집보낸다는 표현은 편협하기도 하다. 세상에는 데릴사위라는 것도 있지 않는가.

목포 터미널에 붙은 카페라곤 엔제리너스 뿐이었다. 나는 커피를 주문하고 앉아서 여유롭게 배편을 알아봤다. 여기서 밝혀지는 충격적인 사실. 배표는 적어도 출항 이틀 전에 예매를 해야 하는 것이었다. 뭐 이딴 게 다 있어. 시간은 네 시간 반이나 걸리는 주제에. 차라리 비행기를 타지, 싶어서 항공표를 알아보니 배표와 가격 차이가 없다. 심지어 어떤 표는 더 저렴했다. 속도는 비교가 부끄러울 정도로 더 빨랐다. 여객선 이 놈들 배짱장사하네. 그러나 마라도로 가기로 한 이상 길 수밖에 없다. 나는 목포에서 하루를 보낸 뒤, 무안으로 이동해 비행기를 타는 일정을 생각해냈다. 문득 짜증이 솟았다. 고정된 일정이 생기면 부담되는데. 최대한 빈둥대다가 가야지 했다.

일단 잠은 자야 하니, 인터넷에서 목포 게스트하우스를 검색했다. 맨 위에 있는 곳으로 아무 생각도 없이 쐈다. 수다방이라 이름 붙은 그 게스트하우스는 집을 개조해 만든 모양이었다. 가장 저렴한 팔인실에 짐을 풀고 옷을 갈아입었다. 거실에 곧 사람이 하나 둘 모였다. 놀라운 인연이었다. 거실 테이블에 둘러앉은 사람들은 나이도 성별도 사는 곳도 하는 일도 제각각이었지만, 겨우 여행자라는 연결고리 하나로 하염없이 친해질 수 있었다.

문자 그대로 가족 같았다. 같은 방에 묵는 사람 중 한 명은 내 페이지를 오래 봐 왔다, 이런 곳에서 볼 줄 몰랐다고 놀라워했다. 더 놀라운 것은 내 글 따위를 그렇게 오래 봐 주는 당신이다, 하려다가 맥주병이나 부딪히고 말았다. 나는 방에서 글 쓰고, 거실에서 이야기하기를 반복하다가 자정쯤에 편의점에서 사온 기네스 두 병을 더 마시고 드러누웠다. 여기가 너무 좋아지면 안 되는데. 떠나는 일이

슬퍼지면 안 되는데. 나는 멀리 갈 곳과 당장 머물 곳이 있을 뿐이라며 애써 달랬다. 역마는 옆에 누워 불안해했다.

8

일찌감치 눈을 떴다. 여덟 명이 자는 도미토리에서 가장 빨리 일어났다. 나는 세면도구를 챙겨 나와 샤워를 끝냈다. 나와 보니 거실에서 아주머니가 조식을 준비하고 있었다. 누군가 날 위해 아침부터 식사를 준비한다니, 독립한지 오 년이 넘은 나로선 낯선 기분이었다. 게스트하우스 주인아주머니라도 그랬다. 좀 더 어리광을 부리고 싶었던 건지도 모르겠다.

식사를 하면서 어제 얘기 나누지 못했던 사람들과도 인사했다. 그중에는 외국인도 있었다. 제레미라는 이름의 프랑스인이었다. 제레미는 이 게스트하우스에 처음 온 것이 아니며, 식사를 마친 뒤에는 부산으로 떠난다고 했다. 내 형편없는 영어 실력 때문에 많은 대화를 나누진 못했다. 다만 제레미는 내가 책을 쓰고 있다는 것에 몹시 관심이 있는 모양이었다. 아주머니가 조식 뒤에 커피를 내왔다. 제레미는 커피를 못 마신다고 했다. 그럼 내가 마실게, 하고 내 쪽에 가져왔더니 웃었다. 왜 웃느냐고 물어봤더니 커피 좋아하는 게 딱 작가 같다고 했다. 그거 완전 편견인걸? 하고 한입 가득 커피를 머금었다. 역시 좋다.

식사를 마치고, 언제든 출발할 수 있게 짐을 쌌다. 짐이라 해 봐야 메신저백 하나가 전부지만. 언제든지 떠날 수 있는 상황이 난 좋다. 가방에서 노트북만 꺼내 글을 좀 썼다. 또 다음날에는 비행기를 타야 하므로 목포에서 무안으로 가는 방법도 알아봤다. 언제 출발할까 고민하던 때였다. 어제 얘기하면서 친해졌던 여성 분이 별 계획 없으면 같이 꽃게살비빔밥을 먹으러가지 않겠느냐고 제안해 왔다. 전에 혼자 갔더니 이인분부터 주문이 가능해서 못 먹었더랬다. 뭘 먹을지는커녕 당장 어디로 갈지도 생각이 없던 차였다. 잘됐네요, 하고 따라나섰다. 일행이 생긴 것은 처음이었다. 밖에 나와 보니 날씨가 무진 좋았다. 길가 돌계단을 찍어도 그림이었다.

여성분이 길을 잘 아는 듯해 얌전히 따라가길 십오 분. 작은 언덕을 올랐는데 목포 시내가 다 내려다보이는 곳이었다. 경치를 보며 따라 나오길 잘했다는 생각. 그리고 목포라는 도시에 문득 미안한 마음이 들었다. 그냥 거쳐가는 도시 정도로만 여기기엔 너무 아름다웠다. 생각해 보니 별 볼 일 없다는 건 장소가 아니라 사람에게 붙어야 하는 말 같다.

　꽃게살비빔밥으로 유명한 장터 식당에 도착했는데 금주 월요일이 마침 쉬는 날이었다. 여성분이 원래 줄이 길게 늘어져 있는 식당인데 뭔가 이상하다 했다며 몹시 미안해했다. 뭔지도 모르고 따라온 터라 미안하실 것 없다, 걸어오면서 풍경 구경한 것으로도 기분 좋다, 했다. 뭐 그래도 밥은 먹어야 하니까. 차선책을 찾기로 했다. 오 분쯤 더 걸으면 게살비빔밥으로 유명한 다른 식당이 하나 더 있다 한다. 초원이라는 이름의 식당이었다. 전화했더니 영업도 한단다. 내친김에 그리로 쐈다.

　관심도 없었고 뭔지도 몰랐던 음식을 먹는 게 내겐 큰 도전이었다. 그럼에도 불구하고, 꽃게살비빔밥은 인당 만 오천 원의 돈이 아깝지 않았다. 양념게장에서 살만 죄 발라 놓은 것을 밥에 올려

비벼먹는 음식. 비린내는 없고 달콤한 맛까지 났다. 양이 많아서 언제 다 먹지 했는데 금방 다 먹어치웠다. 일행도 마찬가지였다. 그러고 나니 새삼 나이 먹고 늘 먹던 음식만 먹는 버릇이 생겼구나. 내 생각보다 맛있는 음식이 어디엔가 또 있을 법도 싶다. 그래도 버섯은 좀, 그렇다.

식사를 끝내고 일행의 추천으로 근처 카페에 갔다. 행복이 가득한 집이라는 이름으로, 듣자 하니 적산가옥을 개조해 만든 카페라 한다. 적산가옥이 뭔지 몰라 검색을 했다. 일제강점기 때 일본인이 올린 가옥. 그러니까, 적……일본이 만든 집이라는 뜻이라 한다. 참 적나라한 작명 센스 같았다.

나는 창업을 했고, 회사 대표 및 콘텐츠 기획자로서 꽤 많은 영업활동을 해 봤다고 자부할 수 있다. 갑자기 이런 말을 왜 하느냐면……영업 미팅의 본질은 결국 사람 만나 밥 먹고 커피 마시는 것인데, 덕분에 수없이 많은 카페를 드나들었다. 그런 내게도 무척 이국적인 카페였다. 일제강점기, 혹은 개화기 시절의 감각을 그만큼 살린다는 것도 참 대단했다. 커피 가격이야 비쌌지마는 인테리어에 들인 공을 생각하면 납득이 가는 수준이었다. 나는 일행과 카페 이층에 있는 창가 자리에 앉았다. 그리고 나쓰메 소세키, 생텍쥐페리, 윤동주와 삶의 의미 같은 것들에 대해 대화하다가 오후 두 시쯤 헤어졌다.

좀 더 있어 볼걸, 다음에 또 와 볼까? 그런 생각이 들 만큼 마음에 드는 카페였다. 그래서 떠나지 않을 수 없었다. 나는 곧 떠나야 하는 사람이므로. 휴대폰으로 다시 한 번 길을 찾아봤다. 목포역 앞에서 무안까지 가는 버스를 탔다. 한 시간 반쯤 걸렸던 것 같다. 버스 안에서 글을 좀 쓰다가 잠들었는데, 급히 깨서 내려 보니 정류장 하나를 놓쳤다. 그래서 원래보다 정류장 하나만큼 더 걸었다.

시내. 아니, 무안은 군이니까 군내라고 해야겠다. 군내에 있는 공원을 산책하는데 마침 농구장이 있었다. 고등학생 정도로 보이는 학생 다섯 명이 농구를 하고 있었다. 나는 삼 분 고민하다가, 다가가서 나도 껴서 하면 안 되겠느냐, 했다. 길거리 농구에서 인원 총합이 여섯 명이 된다는 건 곧 삼 대 삼 시합을 하자는 의미다. 나는 최선을 다해 뛰어서 이겼다. 에이스 역할도 위닝샷도 내 차지였다. 같은 팀이 된 친구들이 내게 환호를 보냈다. 역시 농구는 초보자와 하는 게 재미있다.

　한 게임 하고 끝내기에는 좀 아쉬운 기분이 들었다. 그래서 근처 문구사에서 농구공을 샀다. 그리고 혼자 하기 시작했다. 삼십분쯤 지났을까. 많아봐야 중학생인 마을 애들이 몰려와서 같이 하자고 했다. 나쁠 것 없다는 생각이 들어서 같이 했다. 역시 농구는 양학이 재미있다. 나중에는 근처 고등학교―아마 백제고등학교라고 했던 것 같다―친구들과 다시 삼 대 삼 게임을 했다. 정확하지는 않지만, 내가 지쳐 죽기 직전까지 했으니 네 시간 정도 했을 것이다. 난 최선을 다했고 최후의 최후까지 계속 이겼다. 끝나고 남자 대 남자의 하이파이브. 그 순간 나는 이미 무안 사람이었다.

　시간이 늦어 벌써 오후 아홉 시였다. 다음날 비행기도 타야 하니 숙소를 잡고 샤워를 하든 해야 했다. 그런데 생각해보니 삘 받아서 공을 샀었지. 어차피 이거 갖고 비행기를 탈 수 있을 리 없다. 그래서 같이 농구한 백제고 친구들에게 공을 줘버렸다. 공항에 가져갔다가 뺏기느니, 차라리 이 친구들이 더 즐겁게 농구를 할 수 있다면 더 좋을 것이다. 이름이라도 알려달라는 부탁을 뿌리치고 공원에서 나오는 길. 동네 주민들이 열 명쯤 나와서, 음악에 맞춰 에어로빅 댄스를 추고 있었다. 나는 그 뒤에 서서 동작 일곱 개 정도를 같이 하다 나왔다.

무안군에는 아무리 찾아도 게스트하우스가 없는 모양이었다. 애당초 관광지로 유명한 곳도 아니니까. 무인텔에 묵은 건 난생 처음이었다. 방값이 게스트하우스의 두 배였지만 그 시간 그 동네에는 다른 대안도 없었다. 난 방에 들어가 땀에 젖은 옷을 널어놓고, 샤워를 하고, 자정까지 글을 쓰다가 허기가 져서 밖으로 나왔다. 편의점은 무인텔 바로 앞에 있었는데, 들어오는 길에 같은 층 다른 호실에서 들리는 강렬한 소리가 귀를 잡았다. 나는 홀로 방에 들어가 따끈하게 데운 도시락을 먹으며 생각했다. 역시 여행에는 도시락이 있어야 한다.

격한 운동을 끝내고, 일도 하고, 밥까지 먹었다. 역마는 잠드는 것 외에 도리가 없었다. 나는 간신히 정신을 부여잡고, 오전 다섯 시 알람 설정과 함께 기특한 하루를 마감했다. 내일, 아니, 오늘은 비행기, 제주도, 마라도, 더 먼 끄트머리가 있을 예정이다. 가끔은 예정이 있는 기분도 나쁘지 않다. 그렇게 생각하며 꿈속으로 침잠해갔다.

9

알람 소리에 잠에서 깼다. 세 시간쯤 잤나? 휴대폰을 보니 새벽 네 시 반이었다. 숙소 커튼을 걷어 창문을 열었다. 아직 해는 뜨지 않았지만 습기 있는 공기가 묻어왔다. 손을 내밀고 있으면 손톱 끝에 이슬이 맺힐 것 같은 느낌이다. 비행기 출발 시간은 여섯 시 반이었다. 계산상으로는 여유가 있었지만 바삐 씻고 나갈 채비를 했다. 전에 도시락을 사 왔던 편의점에 들러 탄산수 한 병을 샀다.

무안 군내와 무안공항까지는 생각보다 거리가 있었다. 차타고 가면 십 분 내외 거리인데 걸어가면 한 시간 넘게 걸리는, 딱 그 정도의 거리였다. 차를 타긴 타야 했다. 다만 버스는 운행하지 않는 시간이고, 택시를 잡으려니 이른 시간에 인적도 뜸한 곳이라 못 가면 어쩌나 하고 노심초사했다. 실제로 카카오택시를 십수 번 돌렸지만 호출 가능한 택시가 없다고 나왔다. 새로 생긴 유료 호출을 써도 마찬가지였다. 나는 짜증이 났다. 사실은 쫓기는 것에 짜증을 내는 스스로가 더 짜증스러웠다. 애초에 쫓기는 것이 힘겨워 여기까지 도망쳐 나온 것 아닌가. 못가면 못가는 거고 단순히 돈을 날릴 뿐이다. 짜증을 낸다한들 결과가 바뀌지도 않을 것이다. 그런 마음으로 안정을 되찾으니 거짓말처럼 택시가 잡혔다. 명경지수, 명경지수, 쩝······.

    택시를 탔더니 기사님께서, 금방 갈 거니까 걱정 말어요, 했다. 느닷없이 무슨 소리지. 생각하고 있으려니, 여섯 시 이십 분 아시아나 비행기인가? 하신다. 어, 어떻게 아셨어요? 에이, 여기서 이 시간에 택시 운전하면 다 알지 뭐. 글쎄요, 시간까진 괜찮은데 항공사까지 때려 맞추는 건 소름 돋으니 관두시는 게······하려다 말았다. 놀란 내 표정을 보고 즐거워하시는 모습이 여간 천연덕스럽지가 않았다. 나이를 지긋하게 먹어도 저런 표정을 할 수 있구나. 나이를 먹으면서 표정이 줄어드는 건 모든 일에 담담해지기 때문일까? 별일 없이 같은 삶이 이어지기 때문일까? 여하간 노인의 웃는 모습이란 알 수 없는 뿌듯함을 주곤 한다.

　십 분 조금 넘게 달려 도착한 무안공항. 여태 보아온 공항에 비하면 퍽 아담하단 생각이 먼저 들었다. 내부 구조도 단순했다. 국내선 앞에만 줄이 늘어섰다. 그나마도 줄이 길지 않아 탑승수속이 금방 끝났다. 작은 공항, 이른 시간 치곤 제주로 향하는 승객이 꽤 많아 보였다. 대기실 의자에서 잠깐 졸다 일어났더니 탑승 안내 방송이 울렸다. 내가 배정 받은 좌석은 비행기 완전 깊은 곳의 완전한 통로 쪽이었다. 머리 위 짐칸에 가방을 넣어 놓고 쉬고 있는데 아저씨 한 분이 와서 여기 내 자린데, 하셨다. 어, 잠시만요, 하고 좌석번호를 다시 확인해 보니 실제로 번호 하나를 당겨 앉았다. 아유, 죄송합니다, 얼른 옮기겠습니다, 하니 아저씨가 됐어요, 나도 혼자 왔는데 바꿔 앉죠 뭐, 괜찮죠? 했다. 이런 게 기분이 좋아 글로 쓰는 걸 보면 그간 어지간히 지쳐 있었는가 싶다.

　삼십 분 정도 지나 제주공항에 내렸다. 비행기가 빠른 것인가, 대한민국이 좁아 터진 것인가. 굳이 따지면 둘 다겠지. 제주공항의 상징은 문으로 나오자마자 보이는 열대지방 나무다. 쇄골 부러지고 처음이니 거의 일 년 만에 다시 왔다. 아, 두 달 쯤 뒤에는 철심을 빼는 수술을 따로 해야 하는데. 음, 두 달 뒤에나 생각하자. 그건 그때의 내가 어떻게 잘 하겠지. 고생해라, 두 달 뒤의 나여…….

마라도로 가려면 정기여객선을 타야 한다. 정기여객선을 타려면 모슬포항에 가야 한다. 모슬포항은 제주도를 넙적한 시계로 쳤을 때 대충 여덟 시 방향쯤에 있다. 가는 길은 한라산 왼쪽 어귀를 찌르듯 통과하는 노선과 섬 왼쪽 해안가를 어루만지듯 둘러 가는 노선의 두 갈래다. 당연히 시간은 돌아가는 쪽이 삼십 분쯤 더 걸린다. 그래도 승선까지 너댓 시간은 남았고, 버스 창밖으로 바다가 보이면 좋겠다는 생각이 들어 후자를 선택했다. 피곤해서 아무래도 잠들 것 같긴 했지만, 나는 강인한 정신력의 상징이다.

일어나보니 서귀포였다. 이백일 번 노선은 제주공항에서 서귀포로, 섬을 서쪽으로 한 바퀴 크게 도는 노선이다. 나는 삼분지이쯤 되는 지점에 내려서 갈아탔어야 했는데, 그냥 종점까지 와 버린 것이다. 잠이 덜 깨서 상황 파악도 안되고, 배도 고프고 그래서 그냥 터미널 옆에 있는 맥도날드에서 맥모닝이나 먹기로 했다.

　나는 맥모닝으로 항상 소시지 맥머핀 세트를 고른다. 베이컨은 볼륨이 부족하고, 에그가 들어가면 왠지 모르게 텁텁한 맛이 난다. 맥도날드 서귀포점은 커피를 머그잔에 담아서 주는 모양이었다. 난 테이크아웃잔보다 머그잔이 더 좋다. 설거지를 누가 하느냐가 관건이기는 한데, 부디 알바가 아닌 식기세척기가 해 주는 것이길 희망할 뿐이다.

　해쉬브라운을 으적으적 씹으면서 모슬포항으로 돌아가는 길을 찾았다. 뭐, 걸려봐야 얼마나 걸리겠어. 왔던 길의 삼분의 일쯤 되돌아가는 건데. 근데 그 삼분의 일이 이십오킬로미터였다. 나는 그제서야 제주도가 꽤 큰 섬이라는 걸 깨달았다. 버스를 타면 도보 및 대기 시간을 포함해 한 시간 반, 택시를 타고 직통으로 가도 사십분에 택시비는 이만 원 정도가 나오는 거리였다. 잠 좀 잔 대가로 이만 원을 지불해야 한다니 왠지 거부감이 들었다. 그래서 버스를 타고 가기로 했다. 왔던 길을 되돌아가는데 똑같은 버스 노선이 없었다. 심지어 중간에 한 번 갈아타야 했다. 이래서 제주도에서는 렌트를 하라는 거구나. 그러나 나는 운전면허가 없다. 한숨 쉴 시간에 한 걸음이나 더 걷자 하고 정류장을 향해 뚜벅뚜벅 걸었다.

또 한 정거장 늦게 내렸다. 중간 지점에서 모슬포항으로 바뀌는 노선으로 갈아타야 했는데, 이번에는 정신없이 글을 쓰느라 놓치고 말았다. 결국 한 정거장만큼 거슬러 올라가는데……마침 갈아타야 하는 버스가 내 눈앞으로 지나갔다. 원래 내려야 했을 정류장에서 다음 버스 도착 시간을 보니 이십삼 분이 찍혀 있었다. 나는 돌아버릴 지경이었다. 한숨을 푹푹 쉬다가 정류장 옆에 추사 삼거리라는 것이 있었다. 휴대폰으로 지도를 들여다보니 정류장 바로 뒤쪽이 추사 김정희의 유배지였단다. 마침 잘됐다. 이렇게 된 거 십 분만 둘러보고 오자 싶어서 냅다 뛰어갔다. 날씨가 좋았다.

유배지 치고 낭만적이라는 느낌이었다. 지금처럼 쏟아지는 햇발을 맞으면서, 그 대청마루에 멍하게 앉아 있으면 없던 글도 나올 것 같았다. 잡생각에 잠겨 있을 때 딱 알람이 울렸다. 혹시나 해서 십 분짜리 타이머를 설정해 놨다. 유배지는 모두 걸으면 세 시간이 걸리는 코스였다. 구미가 당겼지만 마라도행 배를 타기 위해선 제껴야 했다. 다음 일정이 명확하다는 건 이런 의미에서도 부담이다.

또 한 정거장 지나쳐서 운진항에서 내렸다. 지도 앱으로 제대로 가고 있는지 확인하다가 타이밍을 놓쳤다. 운진항과 모슬포항은 도보로 십분 정도 떨어져 있었는데, 알고 보니 내가 가야 했던 마라도 선착장은 운진항 쪽이었다. 이건 행운인걸, 표를 뽑고 나왔다.

시간이 남아서 산책도 하고 식사도 해결할 겸 모슬포항 쪽으로 걸어갔다. 날씨가 좋은 와중에 바람이 휭휭 불었다. 아무도 없는 길, 시선 왼편으로 넓게 펼쳐진 바다. 흥얼거리면서 걷다가 길가 식당에 들어갔다. 배에서 소리가 요란하다. 식당 아주머니께 뭐가 맛있냐고 물어보다가 옥돔구이 정식을 주문했다. 같은 해안가지만 남도 음식과는 또 다른 분위기였다. 옥돔구이는 뼈가 굵어 발라내기가 쉬웠다. 흰 생선살은 쉽게 바스라지며 바다냄새를 내뿜었다.

나가서 커피 한잔할까 싶어 시계를 봤더니 어느새 배 출발 시간이 이십 분 앞이다. 걸어오면서 여유를 너무 부렸다. 더 큰 문제는 휴대폰 배터리, 그리고 보조 배터리 충전율이 바닥이었다는 점. 마라도 갔는데 배 끊기고 전기도 끊겨서 일도 못한 채 섬에 갇히는 상황을 상상해 봤다. 그 정도로 등신이기도 힘들지만, 오늘 일진을 보면 충분히 그럴 수도 있겠다 싶다. 불안감에 떨면서 배에 탔다. 기우가 심했던 덕분일지, 여객선 안에는 콘센트가 꽤 있었다. 배에서도 전기가 필요하다는 건 어쩌면 당연한 일인데. 그때의 나는 정말 촌놈 같았다.

배에 탄 지 십오 분쯤 지나서 마라도에 도착했다. 섬 입구에서부터 일 층짜리 짜장면 집이 줄을 이었다. 대표 메뉴는 아무래도 톳해물짜장이다. 이럴 줄 알고 아까 밥을 적당량만 먹었으므로, 맛이나 볼 셈으로 가장 앞에 있는 가게에 들어가 앉아 짜장면 하나요, 했다. 나오는 데 시간이 오래 걸렸다. 맛은 평범했다. 다른 게 있다면 오징어, 문어 조각과 칵테일 새우 같은 해물과 톳이 들어가 있다는 것 정도. 맛이 없지도 엄청 있지도 않은, 그냥 딱 짜장면 맛이었다. 큰 기대는 없었기 때문에 달리 실망도 없었다. 나는 대한민국 제일 남쪽인 마라도에서도, 제일 남쪽 끝에 가 보고 싶었다. 그래서 또 걸었다.

마라도는 걷는 보람이 있는 섬이었다. 결국 국

토 최남단에 도착. 땅끝마을보다 더 남쪽 끝에 있는 곳까지 당도했다. 여기서 더 남쪽에 있는 땅으로 가려면 불법적인 방법밖에는 없다.

나는 섬 남쪽 끄트머리에서 작은 파도가 넘실대는 모양을 이십 분 넘게 바라봤다. 별 생각은 하지 않았다. 그러고 보니 내가 여기 왜 오려고 했더라. 생각이 나지 않았다. 그렇게 거창한 이유가 있었던 것 같지도 않다. 아무튼 나는 지금 이 순간 대한민국 안에 있는 한국인 중에서 제일 남쪽에 있는 인간이다, 그 정도 의미로 충분했다. 나는 뒤도 돌아보지 않고 떠나왔다. 앞으로 갈 곳 중에 남쪽은 빼야겠다고 생각했다.

선착장으로 돌아가는 길에 마라도 성당이 있었다. 성당이라고 했지만 성전은 아니었고, 〈드래곤볼〉에서 가정용 호이포이 캡슐을 터트리면 나올 법한 모양이었다. 내부를 잠시 들여다보니 뻥 뚫린 기도실 같다. 기다란 나무의자도 하나 없다. 이 층에 올라가 보고 싶었지만 관계자 외 출입금지였다. 나는 입구 오른편에 있는 성모상 앞에 서서 성호를 그은 뒤 합장을 했다. 무슨 생각으로 그랬을까? 나는 아무것도 기도하지 않았다. 그냥 내게 남은 나날들이 조금만 더 행복하면 좋겠다는……추상적인 바람에 불과한 행동이었다. 어쩌면 이런 바람들을 모두 기도라고 할 수 있는 건 아닐까 싶다.

마라도를 한 바퀴 빙 둘러 다시 선착장. 시간이 의외로 금방 갔다. 본섬으로 가는 마지막 배를 타고 운진항으로 돌아갔다. 듣자 하니 내일은 비가 내려 결항될 확률이 높다고 했다. 마라도에서 하룻밤 정도 묵는 것도 나쁘지 않겠다 싶었다. 다만 원고라는 본분이 있는 상태에서 격렬한 변수를 만들 순 없었다. 나는 비교적 육지인 제주도에 다시 도착, 선착장 근처의 카페에 들어가 커피를 한 잔 했다. 너는 나의 바다라는 카페 이름이 인상적이었다. 보리우유라는 걸 팔기에 마셔 봤는데 그냥 미숫가루 맛이었다. 생각해 보면 아주 조금 더 감칠맛이 있었나? 미숫가루맛은 미숫가루맛이다. 뭐 그럼 어떤가 싶다. 미숫가루 정도면 충분히 맛있는 음료다.

모슬포항 근처 게스트하우스 예약에 실패했다. 카페에서 글을 쓰다가, 그 시간에 예약할 수 있는 게스트하우스를 겨우 찾아 버스를 타고 이동했다. 오후 아홉 시쯤 도착해 짐을 풀고 씻었다. 같은 방에 있는 남자 숙박객들이 '여긴 왜 여자 손님이 하나도 없는가'를 주제로 열띤 토론을 시작했다. 내게도 말을 몇 번 걸어왔는데, 난 굳이 그 대화에 끼고 싶지 않았다. 그래서 지금 좀 피곤해서, 죄송합니다, 하고 이어폰을 꼈다. 왱왱대는 모기, 패배감 섞인 남자들의 왁자지껄한 목소리, 갑작스레 내리는 제주도의 밤비까지. 적응 안 되는 분위기를 배경 삼고 자정까지 작업을 계속하다 잠들었다. 역마는 불이 켜지기도 전에 달릴 준비를 하고 있었다.

10

해가 어스름하게 떴다. 게스트하우스가 다 그렇겠다만 이곳은 유독 내 자리 같지가 않았다. 바삐 씻고 밖으로 나왔다. 오늘은 글이 좀 나와야 할 텐데. 또 글이라는 게 걱정한다고 나오는 거였나 싶다.

버스 정류장까지 잠깐 걸었다. 정류장에 도착해서야 어디로 갈지를 결정했다. 이왕지사 제주도를 한 바퀴 도는 그림이 좋을 것 같았다. 동쪽으로 도는 노선에 무작정 올라탔다. 어디에 가는지도 모르는 버스에 타는 행위. 이런 대책 없는 행동들이 모세혈관 끝까지 혈액을 펌프질한다. 어디 갈지 모르는 것이 어디 내가 탄 버스뿐이겠느냐만⋯⋯.

제주에서 버스를 탄다면 가능한 오른편 창가 자리에 앉는 게 좋을 것 같다. 해안가를 도는 노선이라면 바다와 나란히 앉아서 갈 수 있으니까. 지평선 위로 얼굴을 내민 해가 중천으로 조금씩, 조금씩 기어 올라간다. 개미가 저것보단 더 빠르겠네. 하지만 몇 시간 후엔 왼쪽 창가에서나 볼 수 있겠지. 나는 삼십 분쯤 창밖을 내다봤다. 길이 탁 트여서 지도를 봤더니 제주 민속촌이 지척에 있다. 별 생각 없이 버스에서 내렸다.

오전 아홉 시. 정류장 맞은편에 있는 카페에 들어갔다. 어수선한 분위기에 나 홀로 카운터 앞에 섰다. 늦게 나온 아주머니가 당황한 듯 말을 꺼냈다. 아, 영업시간은 아홉 시 반……, 나는, 그래요? 죄송합니다, 하고 나오는 인사를 했다. 그러자 아주머니는 그, 아메리카노는 돼요, 했다. 아, 저 그거 마시려고 했는데. 결국 오픈도 하지 않은 카페에 들어앉았다. 돌담과 돌담 너머 바다가 보이는 카페. 화장실에서 손가락 한 마디만한 벌레만 나오지 않았다면 더 좋았을 것이다. 나는 정오까지 글을 쓰다 나왔다. 바람은 그대로인데 햇볕이 쨍쨍해졌다.

민속촌은 별로 보고 싶지 않은데, 라고 생각하면서 민속촌 방향으로 길었다. 그냥 길이 디 예뻤다. 좀 들어가 보니 작은 규모의 식당가가 있었다. 그중 간판이 제일 요란한 곳으로 들어갔다. 칼국수 집이었다. 가게 이름이 표선칼국수인데 파는 건 보말칼국수였다. 표선은 동네 이름이고, 보말은 고둥의 제주방언이었다.

나는 별 기대 없이 칼국수 한 그릇과 고로케를 시켜봤다. 먼저 내온 반찬 중에 무말랭이가 있었다. 흔히 먹는 빨간 무말랭이와 달리 간장으로 담근 희멀건 색이었는데, 맛이 기가 막혔다. 나는 칼국수가 나오기도 전에 찬을 다 먹고 셀프코너에서 리필을 해 왔다. 반찬 맛있는 곳이 음식을 맛없게 할 리 없다. 훌륭하게 식사를 마치고 나왔다. 소화도 시킬 겸 나와서 마구 걸었다. 넓게 펼쳐진 표선 해수욕장을 등지고 안쪽으로 조금 걸으니 민속촌 입구였다.

나는 민속촌을 좋아하지 않는다. 그래도 입구까지 왔으니 한번 둘러는 봐야겠다, 그렇게 생각하면서 표를 끊었다. 만 천 원이었다. 이렇게 비쌀 줄은 몰랐는데. 성인 한 명 주세요, 하기 전에 표 값 먼저 봤어야 했다. 그러나 이미 끊은 표를 환불해 달라는 것도 추하다 싶어 그냥 입장했다. 민속촌은 수학여행 온 것 같은 학생들로 붐볐다. 민속촌 내 식당에서는 흑돼지 주물럭을 팔고 있었다. 나도 수학여행와서 저거 먹었던 것 같은데……이십 분쯤 둘러보다가 금방 나왔다.

날씨가 너무 좋았다. 그래서 떠나야 할 필요를 느꼈다. 날씨가 너무 좋으면 밖에 나오고 싶고, 밖에 나오면 걷고 싶고, 걷다보면 힘들고, 힘들면 글을 못 쓴다. 겁없이 제주도를 싸돌아다니다 언제 또 쇄골을 다칠지도 몰랐다. 그런데 어디로 가지? 일단 비행기는 오는 길에 탔으니까 배를 타자. 정말 단순한 발상으로 제주항으로 향하는 버스를 탔다. 버스는 사오십 분쯤 달려서, 제주항 인근에 있는 동네에 날 내려줬다. 완전 제주항 코앞까지는 가지 않는 모양이었다. 택시를 타면 기본요금이 나오는 거리였다. 그래도 날씨가 좋으니까. 예매해둔 표도 없으니까. 지평선을 가리고 있는 언덕 쪽으로 무작정 걸었다. 걷다가 심심할 땐 윤동주를 꺼내 읽었다. 육첩방은 남의 나라. 창밖에 밤비가 속살거리는데.

언덕에 오르니 제주항 부두, 큼지막한 배와 넓은 바다, 또 바다보다 더 넓고 널 푸른 하늘이 있었다. 언덕에서 여객선 터미널로 내려가는 길을 찾는데 십 분쯤 더 걸렸다. 계단을 왜 그렇게 어둡고 음침한 곳에 숨겨 놨는지 모르겠다. 아무튼 터미널에 도착해 갈 수 있는 행선지를 추려봤다. 목포와 여수……는 갔던 동네고. 부산은 뭐, 가고 싶지 않고. 남은 건 녹동항뿐이라 그대로 표를 뽑았다. 삼등실 일반으로 가는데 삼만 삼백 원이 들었다. 어디 쫓기는 것도 아닌데 일등으로 갈 필요도 없지. 삼등이면 충분해, 하고 화장실에 들렀다가 선착장으로 갔다. 배가 무지막지하게 컸다. 마라도에 갈 때 탔던 배가 지구라면 이 배는 토성쯤 될까 싶었다. 정확한 비유인지는 중요치 않다. 삼등실은 의자 하나 없는 딱딱한 돌바닥이었다. 새로운 경험에 반가워하면서, 콘센트가 있는 가장자리에 터를 잡았다. 충전기를 꺼내 노트북에 꽂아 놓고 선내를 둘러봤다. 그러다 객실 옆에 있는 작은 스낵바에서 라면을 주문해 먹었다. 수시로 배가 넘실대는데 국물이 있는 음식을 먹을 수 있을까 싶었는데, 실로 아무 지장이 없었다.

갑판에 잠깐 나가서 멍하게 바다를 봤다. 뱃사람은 이런 기분에 익숙해져야 하는 걸까. 이런 것에 익숙해지면 어떤 사람이 되는 걸까. 영양가 없는 생각을 하다 선실로 돌아와 글을 썼다. 두어 시간쯤 쓰다가 머리가 피곤해 잠깐 누웠다. 그대로 잠들었다. 일어나 보니 녹동항이었다.

날이 저물어 시계를 확인해 봤다. 오후 여덟 시 반이다. 바다 건너 육지로 오는데 정확히 네 시간쯤 걸렸다. 녹동항에서 내려 조금 걸었다. 가는 길에 초등학교가 있었다. 컴컴한 초등학교 운동장에 가족들이 마실을 나와 있었다. 사람 사는 모습이었다. 나는 초등학교 돌담 옆에 있는 벤치에 앉았다. 거기서 십 분 동안 웃고 떠들며 제 갈 길가는 동네 사람들을 지켜봤다. 사람 사는 것은 어느 동네를 가든 똑같구나. 낯선 기분이었다. 낯선 동네에서 익숙한 삶을 찾는 것이.

다시 길을 재촉했다. 녹동 터미널에 도착하니 불은 침침하고 사람이 없다. 버스 시간표를 보니 고흥으로 향하는 마지막 버스가……여덟 시 반. 때는 이미 늦었다. 그렇다고 녹동에서 마땅히 묵을 곳도 없었기 때문에, 급한 대로 택시를 타기로 했다. 다만 고흥까지는 꽤 거리가 있어서, 지도 앱은 택시비가 삼만 오천 원은 나올 거라 했다. 이 값이면 그냥 민박이라도 알아보는 게…, 하다가 오래전 민박에 묵다가 바퀴벌레가 나온 기억이 떠올랐다. 난 순순히 택시를 타기로 했다. 타자마자 기사님이 손님은 어디서 오셨어? 했다. 서울에서 왔다고 하니, 어유. 먼 데서 온 분한테 삼만 원이나 받았어. 이만 원만 줘 봐, 해서 이만 원만 드렸다. 원래는 삼만 오천 원인데. 이거 삶이 너무 따뜻한 거 아니냐고.

고흥에 도착하니 밤 열 시. 늦은 저녁을 먹으려고 보니 터미널 근처에 고흥시장이 있었다. 시장은 이미 파했다. 쓸쓸한 생선 비린내 가운데 할머니 한 분만 평상 위에서 잠을 청하고 있다. 난 그래도, 싶어 시장 이곳저곳을 둘러봤다. 불이 켜져 있다 싶은 식당에는 다 들어가 봤지만 족족 퇴짜를 맞았다. 그래, 늦은 시간에 배고픈 내가 나쁘지, 하면서 걷다가 치킨집을 찾았다. 오 이런. 내가 치킨을 안 먹은 지 얼마나 됐지? 들어가서 핫후라이드 한 마리에 생맥주 오백씨씨 주문해 앉았다. 한오백년만의 치맥이었다.

오랜만이라 더 반가웠던 치맥을 끝내고, 둘러오는 길에 봐둔 찜실방으로 향했다. 간단히 몸을 씻

고 지진 뒤 찜질방 수면실에 앉아 글을 쓰다가 드
러누웠다. 휴대폰과 지갑, 노트북을 머리맡에 늘어
놓은 상태였다. 잠든 사이에 누가 딱 가져가기 좋
은 상황. 그런데 남탕에 있는 락커까지 갔다 오기
는 귀찮았다. 가져갈 테면 가져가 보라지, 원고는
어차피 클라우드에 다 백업해 놨다구. 속으로 말
도 안 되는 핑계를 대면서 눈을 감아 버렸다. 수면
실에 딱 하나 있는 창. 역마와 함께 햇살이 뒤쫓아
왔다. 누운 채로 머리맡을 더듬어 보니 물건들이
다 그대로 있다. 아무리 피곤하기로서니 간을 배
밖으로 내놓고 잤구나. 바닷가 햇빛 바른 바위 위
에…….

11

찜질방 수면실에 누워 휴대폰을 만지작댔다. 시간은 오전 열 시. 어림짐작으로 아홉 시간은 족히 잤다. 발 닿는 대로 걷느라 피로가 쌓였던 모양이다. 나는 일어나 기지개를 켜고 나갈 준비를 했다. 원래 길을 떠나려면 오전 일찍이다. 열 시면 꽤 촉박한 시간이었다. 탕으로 내려가 몸을 대강 씻고 나왔다. 옷을 갈아입으면서. 오전 중에 어딜 떠나기는커녕 일어나기도 벅찼던 서울에서의 삶이 떠올랐다. 사실 난 저녁형 인간이 아니라, 단순히 아침형 인간이 되기 싫었던 건 아닐지.

찜질방을 나와 걸었다. 중천 언저리에 걸린 해가 고열을 뿜어댔다. 기온이 이십칠 도라고 했다. 나오자마자 마주친 골목에서 국수집을 발견했다. 근처에선 드물게 깔끔한 인테리어였다. 가게에 들어가 국수 하나와 주먹밥을 주문했다. 메뉴판을 보니 국수를 뽑을 때 귀리를 넣는다고 했다. 귀리는 좋아한다. 식물성 단백질 함량이 높으니까. 정작 먹어 보니 맛에 별반 차이는 없었다. 그래도 이왕이면 몸에 좋은 게 좋지. 늘 좋은 게 좋은 거지.

국수 값을 계산하면서 터미널로 가는 길을 물었다. 아주머니는 가게 앞까지 나와서 터미널로 가는 길을, 저 앞으로 가서 왼쪽으로 잠깐 꺾고, 바로 오른쪽으로 한 번 더 꺾어서……하고 열심히 설명해 주셨다. 바깥은 기온 이십칠도, 아니 이제 이십팔도의 대낮인데도. 나는 너무 감사하다고 배꼽인사를 하며 헤어졌다. 길을 걷다보니 설명해주신 게 기억이 안 나서 지도 앱을 켰다. 아주머니께 좀 미안했다.

어찌저찌 고흥 터미널에 도착했다. 매표소 직원에게 가장 빠른 표를 달라고 했다. 가장 빠른 표는 여수라고 한다. 여수는 다녀왔으니까 다른 곳이요, 하고 뽑힌 표를 받아드니 고흥에서 순천으로 화살표가 쳐져 있다. 나는 버스에 바로 올라타서 자리에 앉았다. 노트북을 펼쳐 글을 썼다. 쓰다 막히는 부분이 있어 문득 고개를 들어보니 순천 터미널이다. 허겁지겁 짐을 챙겨 나오니 기사님이, 빨리빨리 다닙쇼, 하셨다. 나는 무안한 마음에 죄송합니다, 하고 내렸다. 계획 없이 도착한 곳에 발을 대자마자 새로운 계획이 생겼다. 날씨가 무더운 탓도 있었을 것이다. 옆에는 열 뿜으며 달려온 고속버스들이 늘어서 있다. 지글지글 끓었다. 그냥, 냉면이 먹고 싶었다. 그런데 좋아하는 평양냉면을 먹기에는 너무 멀고. 진주가 냉면으로 유명했던가. 그럼 진주로 가버려야겠군. 그렇게 진주행이 결정됐다. 나는 내리자마자 매표소로 가서, 진주로 가는 표 주세요, 하곤 승차홈에서 오 분쯤 기다리다 버스에 올라탔다. 스치듯 지나온 순천에게는 도시 단위로 조금 미안하다는 생각이 들었다.

　다시 버스 안에서 바쁘게 타이핑을 하고 있을 때였다. 갑자기, 정말 갑자기 그 생각이 났다. 아, 나 삼십일일에 강연이 있지 않았나. 급하게 메일함을 뒤져 보니 정말 그렇다. 오월 삼십일 일 오후 일곱 시, 신촌에 있는 서울창업카페에서, 난 두 시간 동안 강연을 하기로 돼 있었다. 아, 이러면 나가리인데. 그래도 아직 일주일이 남았다 싶어서 담당자에게 전화를 했다. 담당자에게 사정을 설명했다.

사실 사정이라기엔 너무 생떼에 가까운 내 상황이었다. 제가 마감이 밀려서, 책 원고를 써야 해서요, 다 쓰기 전까진 서울로 돌아가지 않기로 했는데……참내, 이게 말이야 방구야.

그런데 이게 일주일밖에 안 남아서요, 새로 강연을 기획하는 것이 어려워요, 이미 페이스북에 광고를 수십만 원 썼거든요, 사람도 정원의 두 배 이상으로 신청이 들어와서, 이게 다 연사님 뵈려고 온 건데 대체자를 구한다는 게……담당자는 종국에 거의 울먹이듯 말했다. 제가 이 회사 들어와서 처음으로 맡은 프로젝트인데, 이러시면 전 정말 어떻게 해야 할지 모르겠어요…….

내가 대체 뭘 하고 있는 거지? 그냥 오월 삼십일 일 여섯 시 오십구 분까지 원고를 완성해서 제출하면 되잖아. 그래서 강연장으로 딱 들어가서, 여러분, 저는 전국을 떠돌다가 이제 막 여기 도착했습니다. 그럼 되는 거 아닌가. 나름 멋있고, 좋네. 그게 아니면 언제까지 떠돌 생각이었던 건데. 기약 없이 길어지는 역마 생활에 도취돼 있었던 걸까.

바보 같은 놈. 지금 아무리 떠돌아다닌들 언젠가는 놀아가야 해. 그걸 모르고 있었던 건 아니면서. 난 뒤늦게 정신을 차리고 담당자에게 사과했다. 죄송합니다. 이렇게 제게 부탁하듯 말씀하실 일이 아닌데. 제가 생각이 짧았습니다. 책임지고 강연 시간까지 잘 맞춰 가겠습니다. 네, 네, 걱정 마세요. 심려 끼쳐드려 죄송합니다……잊고 있었던, 잊고 싶었던 현실이 부리나케 들이닥쳤다. 이제 나는 일주일 안에 원고를, 역마와의 쫓고쫓기기를 끝내고 서울로 돌아가야 한다. 그 생각 하나로, 진주로 향하는 버스는 속절없이 슬펐다. 창밖에는 해가 짓궂게 내리쬤다.

진주 터미널에 도착했다. 슬픔에 잠겨 죽기 전에. 슬플 때 슬프더라도 냉면은 먹고 슬퍼야지. 나는 곧장 택시를 타고 진주서 냉면으로 가장 유명하다는 하연옥 본관으로 향했다. 하연옥은 진주 시내에서 약간 떨어진 곳에 있었다. 차에서 내려 밖을 바라보니 생각 외로 세련된 하연옥 건물, 그리고 내 마음도 모르고 뉘엿뉘엿 지는 노을 부스러기가 먼 산 너머로 보였다. 이거 참 거지 같구만. 거지 같더라도 갈 길은 가야지. 냉면도 먹고 글도 써야지. 별 수 있나, 사람 사는 것이.

발을 굴려 가게 안으로 들어갔다. 외부보다 내

부가 더 현대적이었다. 결론부터 말하자면 엄청나게 맛있진 않았다. 기대감이 컸을 수도 있는데. 뭐 맛이 없는 건 아니지만 또 완전 내 맛도 아닌. 그런 맛이었다. 육수는 맛이 기묘했고 면은 질겼다. 다만 위에 올라간 육전만큼은 기가 막혔다. 육전을 따로 시켜볼까, 하다가 관뒀다. 뭘 또 그렇게까지. 육전은 만 구천오백 원이었다.

하연옥 앞에 있는 이디야 커피에 들어가 커피를 주문해 앉았다. 콘센트 근처 자리에서 노트북 충전기를 꽂아 놓고 글을 썼다. 키보드가 답답해져서 수첩을 꺼내 직접 쓰기 시작했다. 고개를 들어 보니 카페에 손님은 나뿐이었다. 친절한 직원에게 인사를 하고 카페를 나왔다. 진주에 게스트하우스가 있나, 검색해 보니 영 마음이 내키지 않았다. 오늘은 좀 좋은 곳에 묵어야겠다 싶어서 땡처리 호텔 중에 가장 괜찮아 보이는 곳을 예약했다. 어제 찜질방에서 비용을 아꼈으니까. 뭐 그렇게 합리화를 했다.

버스에서 내려서 호텔 방향으로 걸어갔다. 걸어가는 길에 농구장이 있었다. 진주 청소년수련관이었나, 그랬다. 기분도 꿀꿀하고 그래서 근처 문구점에서 또 삼만 원짜리 공을 샀다. 혼자 두 시간쯤 뛰었다. 돌아갈 요량으로 벤치에 앉아 쉬고 있으니 중학생 하나가 말을 걸어왔다. 저, 공 안 쓰시면 잠깐 써도 될까요. 나는 공을 들고 호텔에 들어가는 것도 좀 그렇겠다 싶어서, 야야, 그러지 말고 니가 일대일로 날 이기면 이 공 그냥 줄게, 했다. 나는 오점내기 게임에서 필사적으로 뛰어 이겼다. 허탈하게 웃는 그 학생에게 이겨서 기분 좋으니까 공은 두고 가마. 하고 나와 버렸다. 인간이, 나이 먹고 겉멋만 들어가지고……

호텔. 이런 레벨의 숙소에서 묵은 것이 얼마만인가. 이번 여정에서 만큼은 처음이었다. 나는 퀸 사이즈 매트리스와 오리털 이불에 감겨 휘적대다가, 곧 정신을 차리고 샤워를 하고 땀에 절은 옷을 널었다. 그리고 다시 글을 썼다. 자정 즈음 되니 글이 막혔다. 잠깐 바람이나 쐬고 올까 싶어 야행을 나갔다.

창밖으로 보이던 진주성에 불이 꺼져 있다. 그 앞쪽으로 펼쳐진 하천 옆구리를 내리 걸었다. 바람이 선선하다. 반바지를 입어도 춥지 않은 날씨. 진주는 어쩜 이리 좋아서 날 힘들게 만드나. 난 야식으로 맥주 한 캔에 게맛살 한 팩을 사서 숙소로 돌아갔다. 나는 조금 더, 조금 더 글을 싸매다가 한 캔짜리 술기운으로 잠들었다. 종착이 정해진 역마는 떠도는 일마저 슬프다.

12

일찍 깼다. 전형적인 알콜성 불면증이었다. 난 일어나 막혔던 부분부터 다시 원고를 시작했다. 막힘없이 줄줄, 흘러나올 때가 있는가 하면 죽어라 쥐어짜내도 나오지 않을 때가 있다. 그럴 땐 무슨 수를 써도 방법이 없다. 맥주를 한 캔 마시거나, 운동을 하거나, 뭔가를 먹거나, 산책을 나가거나. 시간이 흐르는 것을 잠자코 기다리는 수밖에 없다. 그러나 지금은 그런 기다림조차 편안하지 않다. 마감은 명백히 다가왔고, 어떤 수를 내도 나오지 않는 글을 어떤 수가 아닌 어떤 수로라도 뽑아내야 한다. 이럴 때의 글이란 비행기에서 우는 아기를 달래는 일과 비슷하다. 점점 조여 오는 시선의 압박. 땀을 뻘뻘 흘리면서 울음을 그쳐 주길 간절히 바라는 수밖에 없는 처지. 한 대 콱 쥐어박고 싶어도 부모의 도리라는 게 있다. 난처하다.

　내가 낸 답은 바로 오전 열 시에 시작된 휴스턴 대 골든스테이트의 엔비에이 경기를 보는 것이었다. 내 긴장감은 어느새 휴스턴의 토요타 센터로 날아갔다. 무릎에 올려놨던 노트북도 옆에 던져 버렸다. 책 원고 마감이 일주일 앞으로 다가왔는데, 내 몸은 집도 아닌 진주시 어느 호텔 침대 위에 있는데. 경각심이 참 없다 싶으면서도, 이것 말고 달리 좋은 방법이 떠오르지 않았다. 경기는 휴스턴의 승리로 끝났고, 나와 골든스테이트는 나란히 수세에 몰렸다. 우리가 할 수 있는 게 뭐가 있나. 샤워 딱 조지고 돌아가서 개빡세게 해내는 것뿐이다.

　아는 진주 사람의 추천을 받아 중앙시장에 있는 초밥집을 찾아갔다. 중앙시장은 마침 체크아웃한 호텔에서 도보로 오 분 거리에 있었다. 중앙시장은, 음, 정말 인상적인 공간이었다. 단순히 레트로한 감성을 넘어선 무언가라고 할까. 칠팔십 년대의 풍경을 그대로 떼어다 거리에 붙인 느낌이었다. 물론 난 칠팔십 년대에 와 본 적도 없지만, 아무튼 상상만 가능한 느낌을 전달받는 것도 신기한 경험이다. 낡은 탁상형 부라더 미싱, 고무다라이, 돋보

기안경을 쓰고 옷을 꿰매는 할머니, 그 옆방에서 배를 살짝 까 놓고 잠들어 있는 꼬마아이까지. 내게 영감이 있다면 이런 곳에서 얻는 것이 영감일 테다.

중앙시장에서 가장 이질적인 곳이 청년푸드몰이었다. 무수한 칠팔십 년대 사이에서 홀로 이천십 년대. 아프리카 한가운데의 와칸다. 딱 그런 느낌이었다. 망원동쯤에서야 볼 수 있는 현대적 인테리어가 이어졌다. 나는 료시라는 초밥집 바에 홀로 앉았다. 점심이 되기 직전이었다. 사람이 들이닥치기 전에 먹어야 했다. 나는 연어장 덮밥을 주문했다. 맛은, 어머, 이게 뭐람. 오 분도 안 돼서 다 먹고 초밥을 추가로 시켜 먹었다. 대단한 맛이었다. 나는 개처럼 처먹고 돼지가 됐다.

그렇게 개돼지의 마음으로 중앙시장을 빠져나왔다. 영감과 복부팽만감을 동시에 얻었다. 나는 울릉도에 가버릴 생각이었다. 그러자 인스타그램으로 연락이 왔다. 진주에서 구미로 올라오면 울진까지 차를 태워다 주겠다는 것이었다. 울진 후포항에는 울릉도로 가는 배가 있다. 확실히 울진으로 바로 가는 것보다는 비용이 저렴했다. 조금 번거롭긴 했지만. 그 번거롭다는 점이 내 마음을 끌었다. 시간이 얼마 남지 않았는데. 그렇다고 시간이 얼마 남지 않은 것처럼 행동하는 것도 멋없다. 내일 죽더라도 평생 살 것처럼 지내야지.

　구미로 가는 버스표를 끊고 터미널에 앉았다. 휴대폰으로 원고 방향을 다듬고 있는데 옆 자리 여자가 말을 걸어왔다. 뭐지, 하고 보니까 외국인이었다. 외형은 동남아 여성이었는데, 휴대폰을 가리키며 뭐라 알 수 없는 말을 했다. 글자를 보니 이게 아랍어인가, 태국어인가, 베트남어인가……애매할 때는 영어다, 싶어 되도 않는 영어를 꺼냈다. 뭐가 문제냐 물어 보니 와이파이가 연결이 안 된다한다. 알고 보니 비밀번호가 걸린 와이파이에 계속 시도를 한 모양이었다. 이건 언어의 문제가 아니라 그냥 기계치 같은데. 옆에 자물쇠도 그려져 있잖아. 그래도 나는 친절한 한국인이니까, 친절하게 답해 줬다. 디스, 와이파이, 니드, 썸, 패스워드. 오케이? 말을 들은 외국인이 손가락으로 오케이 사인을 했다. 그런데 손짓몸짓에 표정을 보니 상황이 다급해 보였다. 듣자 하니 어디 전화를 해야 하는데 데이터가 없어서 못한다, 연결이 되는 와이파이를 알려

달라, 뭐 그런 얘기. 그래서 난 내 개인용 핫스팟을 켜서 연결시켜 줬다. 난 친절한 한국인이니까. 고맙다고 연신 인사를 하는 동남아 여자. 잘은 모르지만 고향에 있는 가족과 전화하는 것 같았다. 통화가 꽤 길어지고, 승차 홈에는 구미로 가는 버스가 도착했다. 기사님이 버스가 와도 가만히 앉아 있는 날 보더니, 안 타세요, 하셨다. 나는 좀 이따 탈게요, 하고 통화가 끝나길 기다렸다. 다행히 통화는 버스가 출발하기 이 분 전에 마무리됐다. 다시 한 번 고맙다는 여자에게 나는 바이바이, 하고 버스에 올라탔다. 고맙긴. 같은 이방인인데.

버스에서 반은 글을 쓰고 반은 잤다. 두 시간쯤 걸렸을까. 대구에 살던 시절 구미에 대한 인상은 딱 구미공단뿐이었고, 도착하기 직전에 창밖을 보니 공장이 많긴 했다. 그런데 막상 터미널 근처를 둘러보니 대구와 별반 다를 것도 없다 싶었다. 나는 보지 않고 듣기만 한 것에 대해 얼마나 쉬운 판단을 해 왔나. 사람도, 도시도 그랬다. 약간의 자기 반성과 함께 터미널 근처의 코인 빨래방으로 갔다. 빨래를 돌리면서 사람을 기다리기로 했다. 빨래라 해 봐야 티셔츠 두 벌, 양말 두 켤레, 속옷 세 벌이었다. 떠나길 메신저백 하나만큼의 짐만 갖고 나왔으니까. 이마저 제때 빨지 않으면 내일도 똑같은 속옷을 입고 다녀야 한다.

빨래가 다 끝날 때 즈음 접선에 성공, 바로 승용차에 타서 울진으로 출발했다. 서로 저녁을 안 먹어서, 선산휴게소에 내려 핫바를 하나씩 사 먹었다. 원래는 통감자를 먹으려고 했는데 통감자는 일찍 마감한단다. 통감자 먹는 데 아침저녁이 어딨습니까, 하려다 말았다. 그런다고 없는 감자가 나오지도 않을 테니까. 핫바도 나름대로 매력이 있다.

울진으로 가는 길. 운전을 굉장히 잘하는 사람이었다. 고속도로에서 백사십 키로를 안정적으로 밟으며 태연하게 대화를 했다. 이런저런 얘기를 하다가 아, 일기 써야 하는데, 좀 써도 됩니까, 하니 역마 쓰는 거야? 당연히 되지, 했다. 먼 길 태워다 주시는데 옆에서 타자만 치는 것도 영 예의가 아니다 싶어서 빠르게 썼다. 마음과 별개로 일기가 길어지는 데는 마땅한 이유도 없다.

어둠이 컴컴하게 깔린 울진에 도착. 그나마 항구에 듬성듬성 박힌 불빛과 숙박업소 네온사인이 길을 밝히고 있었다. 후포항 여객선 터미널은 이미 문을 닫은 지 오래. 울진에 왔으니 대게나 먹을 작정으로 근처 횟집에 갔더니 죄다 마감한 뒤였다. 이거 쓸쓸하게 됐네, 하고 길을 돌다가 항구 끄트머리에 포장마차가 보였다. 우리는 포장마차에서 맥주 한 병에 도루묵찌개 하나 시켜 놓고 밥과 함께 먹고 마셨다. 때때로 길을 잃는다는 건 새 길을 찾았다는 의미기도 하다. 밤도 늦었으매 술까지 마셨다. 음주운전은 범법이다. 다음날 대게 싸서 집으로 가겠다는 사람이니 급한 대로 숙소를 잡아 들어갔다. 트윈룸은 없고 더블룸만 있다고 했다. 곤란하게 됐네요, 하니 이부자리를 따로 주시겠다 했다. 그럼 그래도 덜 어색하겠네. 그 시간에는 마땅한 대안도 없었다. 방에 들어가 대강 씻고 자리에 누웠다. 내가 먼저 바닥에 누워 자겠다 했다. 배려심 때문은 아니었고, 굳이 말하자면 날 위한 배려였다. 나는 누가 내 밑에서 잘 때 편히 침대에서 잘 수 있는 인간이 아니다. 어색한 사람과는 더더욱 그랬다. 나는 막힌 혈만 겨우 뚫은 오늘 원고에 대해, 그리고 내 이기적 이타심에 대해 생각하다가 대충 잠들었다. 역마는 해돋이가 무서워 창을 등지고 누웠다.

13

바닥에서 눈을 떴다. 창가로 창백한 햇빛이 널려왔다. 배 타려면 일찍 일어나야 하는데. 늦었나 싶어 휴대폰을 확인했다. 알람이 울리기 이십 분전이었다. 역시 바닷가라서 다른 곳보다 해가 빨리 뜨는 모양이다. 기척을 몇 번 내니 침대 위에서 자던 일행도 눈을 떴다. 괜히 급하게 얼굴을 씻고 옷을 갈아입었다. 터미널은 코앞이니까 천천히 나가도 괜찮았는데. 일찍 나가서 나쁠 것도 없다.

오늘 표가 매진이라서요, 라는 말이 나오는 순간 몸이 얼어붙었다. 후포항에서 울릉도로 가는 배는 하루에 딱 한 번 뜬다. 오늘 타지 못한다는 것은 울진에서 하루를 더 기다려야 한다는 의미였다. 현장 발권의 특성상 내일이라고 반드시 표가 난다는 보장도 없었다. 복잡한 심상으로 대기자 명단에 이름을 적었다. 예매했던 사람이 빠지면 우선적으로 연락을 준다고 했다. 내가 이런 쪽으로는 참 운이 없는데. 그렇게 생각하면서도 내 이름 위에 딱 하나의 이름만 있다는 것에 희망을 걸었다. 대합실 의자에 앉아 황망히 연락을 기다렸다. 기도라도 해야 하나, 이럴 땐 누구한테 기도를 해야 하지, 바다의 신 포세이돈인가, 이따위 생각을 하고 있던 차에 표가 났다는 전화가 왔다. 나는 포세이돈과 날아다니는 스파게티 괴물에게 깊은 감사를 드리며 표를 끊었다. 근데 표 가격이 육만 육천오백 원, 이었다. 뭐, 포세이돈도 먹고 살아야 하니까.

일행의 배웅을 받고 다시 혼자가 됐다. 울릉도로 가는 배는 몹시 흔들렸다. 그 뭐냐, 에버랜드에서 탔던 사바나 익스프레스인가 뭔가 하는 것보다 조금 더 흔들렸던 것 같다. 배 안에는 등산동호회 사람이 많았다. 아니, 대부분이었다. 어째서 등산동호회라는 걸 아느냐면, 가방에 왕왕 꽂혀 있는 ○○산악회 깃발을 봤기 때문이다. 적어도 이건 성급한 판단이 아니겠지, 하면서 노트북 꺼내 글이나 썼다. 아재와 아지매들은 한 시간쯤 쉴 없이 떠드시다 잠들었고, 도착하기 십 분전에 다시 깨서 또 떠드셨다. 왁자지껄, 정신 없구만.

지도로만 보던 울릉도에 도착. 내가 내린 사동항은 휑한 항구였다. 알고 보니 울릉도에 있는 항구 중에서도 꽤 마이너한 곳이란다. 수백 명에 달하는 산악회원들은 배웅 나온 여행사 버스를 타고 어디론가 떠났다. 나는 금방 조용해진 사동항에서 어디로 갈지를 고민했다. 그러다 고민하는 게 무슨 의미가 있나, 난 울릉도가 어떤 곳인지도 모르는데 싶어 서쪽으로 무작정 걸었다. 좌측으로 산봉우리, 우측으로 안개가 낀 해안가. 퍽 몽환적인 풍경이었다. 그렇게 오 분쯤 걷다 보니 버스 정류장이 나왔다. 이렇게 텅 빈 곳에 버스 정류장이 있다는 건, 느낌상 앞으로의 길이 걸어서 가기엔 좀 빡세다는 의미였다. 순순히 버스를 타기로 했다.

이십 분쯤 기다리니 버스가 왔다. 구름 같은 안개를 뚫고 나온 버스 앞머리에는 '무릉교통'이라는 회사명이 적혀 있었다. 버스는 좁아 터진 해안가 도로를 따라 잘도 움직였다. 언덕이 굽이굽이, 정말이지 걸어갔다면 개고생이었겠군. 안도의 한숨을 내쉬며 풍경을 감상했다. 울릉도는 과연 섬이었다.

몇 개 정류장을 더 지나쳐 가다가, 문명의 향기가 물씬 나는 곳에서 사람들 몇 명이 한꺼번에 내렸다. 그래서 나도 같이 내렸다. 문명 속에 있으면 그래도 굶어 죽진 않을 테니까. 난 글을 쓰러 온 거지 생존기를 찍으러 온 게 아니다. 내린 곳 정류장 이름을 보니 울릉군청, 동네 이름은 도동이었다. 섬 동네 이름 치곤 어감이 참 좋다. 도동, 도동… 도, 동……도동파!!

　　오르막이면서 내리막인 길 사이에 삶들이 부대껴 있었다. 나는 내리막을 타고 도동을 둘러봤다. 작은 군청, 작은 슈퍼, 작은 빵가게, 작은 하나로마트, 작은 우체국, 작은 식당. 오밀조밀 모여 있는 곳에 필요한 것이 다 있었다. 사실 작다는 표현은 무례하다. 외려 서울에 있는 것들이 필요 이상으로 큰 것 아닌가. 너무 큰 구청, 너무 큰 마트, 너무 큰 터미널, 너무 큰 레스토랑. 생각해 보면 우리는 '쓸데없이 작다'는 말은 하지 않는다. 어쩜 세상에는 작은 것이라곤 없고, 그저 크지 않은 것들이 있을지 모른다. 나는 울릉도의 크지 않음이 좋았다. 낮이 다가와 걷히는 안개와 내리쬐는 햇발 모두가 좋았다.

나는 알콜도 없이 취해 도동길을 내려갔다. 내려가는 길에 꽤 바빠 보이는 짬뽕집이 있었다. 가게 이름이, 독도 짬뽕집. 이 얼마나 담백한 이름인가. 난 한 명이요, 하고 들어갔다. 주인장이 합석도 괜찮느냐고 묻길래 괜찮다 했다. 메뉴판을 보니 특별할 건 없는 그냥 중국집 같다. 밥류에 제육덮밥이 있어 시킬까 하다가 짬뽕집이니까 짬뽕을 제일 잘하겠지 싶어 짬뽕을 주문했다. 십 분도 안 되어 짬뽕이 나왔다. 뭘 넣었는지 맛이 기가 막혔다. 면을 다 흡입하고도 아쉬워 국물을 찔끔찔끔 마시다가, 못 참고 공기밥까지 시켜서 남은 국물에 말아 먹었다. 먹은 만큼 걸으면 되잖아, 걸으면.

　짬뽕집을 나와 걷던 길로 계속 걸었다. 중식의 단점이라면 먹고 난 뒤의 텁텁함이다. 커피가 마시고 싶었다. 그러자 마법같이 길가에 카페가 나타났다. 울릉역사문화센터. 카페를 겸하고 있는 문화시설이었다. 외관이 특이해 설명을 보니 일본식 가옥을 개조한 카페라고 한다. 그럼 이것도 적산가옥이로군. 여정 중에 그럴듯한 단어 하나 챙기면 잘한 것이다. 목포에서 갔던 곳만큼은 아니었지만, 나름의 정취가 있는 곳이었다. 사실 비교할 것도 없다.

거긴 목포고 여긴 울릉도다. 새삼 며칠 새 몇백 킬로를 움직인 건가 싶다.

　나무 의자에 앉아 글을 썼다. 커피 맛은 좋지도 나쁘지도 않았다. 어차피 딱 그 정도가 필요했다. 노트북으로 주변 지도를 잠깐 살펴봤다. 내리막으로 쭉 내려가면 도동항이고, 거기서 버스나 택시를 타고 십 분쯤 가면 저동이라는 곳이 나온단다. 저동에 있는 저동항에선 강릉으로 가는 배가 있다. 이미 떠나온 울진으로 돌아갈 생각은 없었다. 내 섬에서 하루 묵고 강릉으로 가겠소, 속으로 되뇌고는 커피잔을 카운터에 돌려 놓고 길로 나왔다.

　현기증이 날 것 같아서 택시를 잡아탔다. 저동항 터미널로 가 주세요, 하니 말도 없이 출발하신다. 울릉도의 택시는 모두 사륜구동 차량이다. 다시아는 없고 싹 다 레토나인 셈이다. 길이 험하기 때문이라나. 험하면 얼마나 험해. 하고 창밖을 보고 있으려니 시시각각으로 풍경이 뒤바뀐다. 택시에 앉아 있던 시간은 몇 분에 불과했지만, 살면서 만난 택시기사님 중에 가장 운전을 잘하는 분인 것은 확실해 보였다. 울릉도에는 택시가 마흔 몇 대밖에 없다고 했다.

저동항 터미널에 도착해 다음날 강릉으로 가는 표를 예약했다. 오후 세 시 오십 분에 출발하는 배편. 섬에 오고는 싶지만 갇히긴 싫으니 돌아가는 노선은 명확한 것이 좋았다. 터덜터덜 저동을 둘러보다가 게스트하우스를 찾았다. 어택캠프라는 이름이었다. 터미널과 가깝고 바로 옆 건물에 편의점도 있었다. 나는 들어가 도미토리 침대 하나를 계산하고 짐을 풀었다. 딱딱한 나무 침대에 까는 요, 덮는 이불 그리고 베개 하나를 건네받았다. 침구를 등에 끼고 벽에 기대앉았다. 나는 글을 좀 쓰다가 깜빡 잠들었다. 일어나 보니 저녁이었다.

침대 옆으로 난 창문으로 밥 짓는 냄새가 솔솔 났다. 없던 밥 생각도 떠오르는 그런 냄새. 산책을 핑계로 밖에 나갔다. 그리고 골목길 가게에 들어가 따개비칼국수와 김밥을 먹었다. 따개비칼국수는 따개비가 들어간 칼국수 맛이었고, 김밥은 뭐, 김밥 맛이었다. 맛있었다. 밖이 시끄러워 나와 보니 노래자랑인지 뭔지 마을 잔치 같은 걸 하고 있었다. 주말에다 산악회원들까지 모여 주변이 난리 굿판이었다. 해가 진 곳에 음악이 있고 춤추는 사람들이 있다. 나이대를 보아 클럽은 아니니 틀립이라

멋대로 이름 붙였다. 삼 분쯤 구경하다 머리가 지끈거려서 숙소로 돌아왔다.

꼬박 네 명이 들어가는 도미토리에는 나와 다른 한 명이 자리를 차지했다. 도미토리라지만 공간이 구분돼 있어 사생활 보장은 꽤 잘됐다. 밤이 깊어 한참 글을 쓰고 있으려니 벽 너머에서, 저기요, 타자 치는 소리가 댁 생각하시는 것보다 시끄러우니 웬만하면 나가서 하시죠, 했다. 글에 정신이 팔려서 자정이 넘은 줄도 몰랐다. 남들 잘 시간에 혼자 신나서 두드렸다. 미안한 마음에 아, 알겠습니다, 죄송합니다, 하고 거실로 나와 글을 마저 썼다. 침대로 돌아가 누우니 오전 두 시가 다 됐다. 요가 얄팍해서 나무의 질감이 등으로 다리로 다 느껴졌다. 음, 찜질방에서 잔다 생각하자. 모든 게 마음먹기 나름이니까. 역마는 헤매던 곳에 주저앉아 눈을 감았다.

14

깨서 시계를 보니 열한 시 반이다. 게스트하우스에서 정한 체크아웃 시간은 아홉 시였다. 나는 머리를 벅벅 긁으면서 일어났다. 예전 같았으면 이를 어떡하냐며 호들갑이었을 테다. 그런데 이미 늦게 일어나 버렸는데, 뭐 어쩌겠는가? 아등바등한다고 시간이 되돌아가는 것도 아니다. 그 사이에 체크인하러 온 손님도 없는 것 같고. 아홉 시라는 기준이 정말 심각하고 중요한 거였다면, 날 흔들어 깨우는 시늉이라도 했을 것이다. 늦은 만큼 돈을 내야 한다면, 낼 수밖에 없다. 이런 판단이 재까닥 되는 걸 보면, 나도 성장을 한 건지 단순히 타지의 공기가 사람을 이상하게 만든 건지……헛생각을 하다 치약이 목 뒤로 넘어갔다. 다시 뱉어 내는데 목이 꽤 쓰렸다. 윽.

씻고 떠날 준비를 마쳤다. 거실에 주인장이 없어 잠자코 기다렸다. 십 분쯤 기다리니 아래층에서 아주머니가 올라왔다. 나는 일어나서, 저, 아홉 시에 일어나야 하는데, 늦게 일어나가지구, 하니 됐어요, 하고 말을 끊는다. 아주머니는 사람이 자다 보면 늦을 수도 있지, 그냥 가요, 하셨다. 거 참 말이야 바른 말이군. 사람이 좀 늦게 일어날 수도 있지. 그럼 아홉 시 말고 열두 시로 적어봐 주십쇼, 마음속으로만 하고 말았다. 늦잠 자고도 별일 없이 떠나니 감사할 따름이었다.

울릉도는 낮이 되기도 전에 대낮 같았다. 조밀한 가게 건물들 뒤로 산봉우리가 얼굴을 드러냈다. 나는 저동항 근처에 있는 골목을 지나다니다 한산해 보이는 아무 식당에 들어가 앉았다. 칼국수는 어제 먹었고. 밥이 땡기니까 산채비빔밥으로 했다. 주문하고 비빔밥에 버섯 들어가면 좀 빼 주세요, 했더니 버섯은 안 들어가요. 도라지는 들어가는데, 저 도라지는 잘 먹습니다. 호호 그럼 잘됐네, 주는 대로 먹어요. 했다. 별말 없이 돌아다니는 통에 이런 대화도 못내 즐겁다.

끼니를 해결하고 약을 먹었다. 거의 보름 만에

처음 먹는 항우울제, 그리고 주의력결핍완화제였다. 원고 마감도 강연 날짜도 얼마 남지 않았다. 타지에서의 감각보다 글에 집중해야 했다. 약을 먹으면 잠깐 졸리다가……이내 소기의 각성상태가 된다. 그러면 글자가 더 뚜렷하게 보인다. 그뿐인가. 성격도 좀더 진취적으로 변하고, 임기응변에도 능해지며, 말 한 마디에도 자신감이 넘치는 인간이 된다. 약을 먹은 나와 먹지 않은 나는 다른 사람이었다. 약을 먹지 않은 나는 쉽게 우울하고, 툭하면 자고, 제멋대로에, 말도 제대로 못하고, 책임감도 없고, 맡은 일에서 도망치기 일쑤다.

지난 이 년간, 창업을 하고, 새로운 서비스를 기획하고, 회사 대표로서 미팅을 나가고, 영업을 하고, 투자를 유치하고, 팀원들과 대화하고, 많은 사람들 앞에서 강연을 하고, 이런 것들은 모두 약을 먹은 내가 한 일이었다. 그런 녀석도 지쳐서 도망쳤다. 나는 몸의 주도권을 찾았지만, 역시 견딜 수 없어 서울을 떠났다. 약을 먹지 않은 내가 더 잘하는 것이라곤 책임감 없이 도망치는 일뿐이었다. 그리고 지금. 떠도는 것에도 도망치는 것에도 끝이 있다는 걸 이젠 안다. 결착을 맺기 위해 도움이 필요했다. 나는 저동항 코앞의 카페에 자리잡았다. 그리고 배가 오기까지 쉼 없이 타자를 두드렸다. 보가 터졌고 글이 물처럼 떠밀려왔다.

오후 세 시 삼십 분. 승선할 시간이 되어 카페 밖으로 나왔다. 항구에는 그새 안개인지 연무인지가 내려앉았다. 터미널에서 수속을 마치고 강릉행 배에 올라탔다. 표에 적힌 자리를 찾아갔다. 내가 앉기로 된 웬 중년 남자분이 앉아 있었다. 날 보자, 저 혼자 오셨으면 자리 좀 바꿔도 될까요, 저희가 부부인데……까지만 듣고 말았다. 네네 그러시죠. 어디로 가면 되나요? 했다. 남자는 화색이 돌아 금방 자리를 안내해 왔다. 바꿔서 앉은 자리는 창가 자리였다. 좋다. 내 글 쓰는 꼴을 보는 것은 창 너머 파도로 족하다. 무선 이어폰 한 쌍에 노트북 하나 꺼내서 원고를 시작했다.

강릉항에는 금방 도착했다. 사실 금방이 아니었을지도 모른다. 하선하는데, 파도가 많이 쳐서 운항 중 배가 자주 흔들린 점 죄송합니다, 하는 안내방송이 들렸다. 나는 배가 흔들리는 줄도 몰랐다. 그대로 배가 뒤집어졌어도 나는 타자를 치다 익사했으리라. 오랜만에 먹어 약발이 잔뜩 올라온 내가 무서우면서도, 글 쓰다 빠져 죽는 건 꽤 낭만적이지 않느냐는 생각을 했다. 그렇게 죽으면 물에 빠져 죽는 것이냐, 글에 빠져 죽는 것이냐. 갖다 붙이기 나름일 것이다.

저녁 직전에 도착한 강릉항 바다 위로 일몰이 보였다. 굉장한 석양. 시기 맞춰 잘 도착했다 싶다. 난 십 분쯤 볼 걸 오 분만 보고 걸음을 재촉해 항구 근처 카페로 향했다. 마침 강릉항 근처에는 카페가 잔뜩 있는 카페거리라는 게 있었다. 도착하기 전에는 전혀 몰랐는데. 운이 좋았다. 좋은 카페에서는 더 좋은 글이 나오기 때문에. 카페거리를 일직선으로 거닐다 눈앞에 불쑥 나타난 스타벅스에 바로 걸어 들어갔다. 카페거리라고 한들 디카페인 무지방 라떼를 마실 수 있는 곳은 얼마 없겠다 싶었다.

초저녁에 그렇게 조용하고 한적한 스타벅스라니. 같은 시간 도떼기시장보다 시끄러운 것이 서울에 있는 매장이었다. 나는 깔끔한 카페 탁자와 무난한 맛의 커피, 있는 듯 없는 듯 흘러나오는 재즈를 배경삼아 다시 글을 쓰기 시작했다. 이쯤이면 좀 썼군, 싶어서 시계를 보니 오후 열 시가 다 됐다. 열한 시쯤에는 마감을 할 테니, 흐름이 끊기기 전에 숙소를 잡아 들어가는 게 좋겠다 싶었다. 게스트하우스를 알아보려다 그냥 혼자 쓰는 숙소를 예약했다. 혼자 집중하기 위해서, 또 키보드 소리로 민폐를 주기 싫어서였다. 여정도 얼마 남지 않았으므로 비용은 별로 중요하지 않았다.

땡처리로 잡은 경포대 근처의 호텔. 뭐, 말이 호텔이지 그냥 깔끔하고 괜찮은 모텔 같았다. 어디든 길바닥에 앉아 쓰는 것보다는 낫다. 난 짐을 대강 풀고, 씻지도 않고 노트북을 펴서 다시 글을 썼다. 새벽 두 시쯤 되니 허기가 좀 졌다. 밖으로 나와 보니 바닷바람이 서늘했다. 편의점에 들러 삼각김밥 하나, 소시지 하나, 탄산수 한 병을 계산하고 나왔다. 숙소로 돌아가는 길. 중간쯤에서 삼각김밥을 데우지 않고 온 걸 깨달았다. 다시 돌아가기는 귀찮았다. 숙소로 돌아와서 식은 걸 그냥 배에 집어넣었다. 씻고 양치하고 소화시킬 겸 침대에 앉아 글을 썼다. 새벽 세 시쯤 됐을까, 무릎 위에 노트북을 올려 놓은 채 그대로 잠들었다. 역마는 해가 길어 좁아터진 밤을 뛰쳐나왔다.

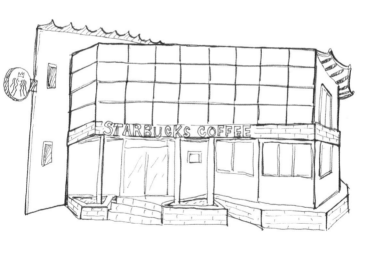

15

일어나 커튼을 걷었다. 어젯밤에는 보이지 않았던 경포호 위로 안개가 자욱하다. 시간은 아홉 시도 되지 않았다. 꽤 깊게 잠든 것 같았는데 일찍 일어났다. 열다섯 시간을 자고도 개운하지 않던 아침이 있었는데. 난 옷가지를 챙겨 입고, 숙소 앞 편의점에서 간단한 요깃거리를 사왔다. 한 끼 식사처럼 나온 오트밀이었다. 숙소에 구비된 전기포트로 물을 데워 붓기만 하면 완성. 비록 맛은 밋밋하지만 오랫동안 허기 없이 지낼 수 있다. 물론 일어나자마자 끼니를 챙긴 것은 배가 고파서가 아니라 약을 먹기 위해서였다. 식사를 하지 않고 항우울제를 먹으면 각성효과가 한번에 왔다가 금방 방전돼버린다. 그래. 정말 열심히 일할 땐, 매일 이런 아침식사를 했지. 나는 오래된 일인 양 떠올리는 내가 웃겼다.

　약을 먹고 방 안 의자에 앉아 글을 썼다. 지난 며칠 사이에 진전이 꽤 있었다. 가장 큰 수확은 얼개가 완성된 것이었다. 돌아다니며 놀기만 한줄 알았더니. 이젠 정말 살을 붙이기만 하면 된다. 뼈대에 살을 붙이는 작업은 쉽다. 여기서부터는 창작보다 물리적 노동의 영역에 가깝다. 어디 보자. 삼십일일 서울로 돌아갈 때까지 모두 쓰려면……계산상 하루에 이만 자 정도 쓰면 되네. 하루에 원고지 백 장만 쓰면 되는구나. 이런 경험이 처음은 아니다. 그래도 잠은 다 잤군.

　하루에 이만 자가 많게 느껴지는 것은 단지 뭘 써야 할지 정해져 있지 않아서다. 얼개가 짜인 이상 어려운 것은 없다. 나는 얼개를 구체적으로 짜는 편이고, 이후의 과정은 차라리 받아쓰기에 가깝다. 분당 천 타에 달하는 나의 타자 속도가 빛을 발할 때다. 나는 숙소부터 강릉시외버스터미널까지 걸어가면서, 터미널에 도착해 표를 뽑고 대합실에서 기다리면서, 속초로 향하는 버스 안에 앉아서 계속 글을 썼다. 이렇게 쉬운 걸 왜 그동안 안 했나 싶다. 마감이 이틀 앞으로 다가온 글쟁이는 우수에서 가장 효율적인 존재가 되는 것 같다.

속초에는 금방 도착했다. 뭐야, 이렇게 가까운 곳이었나. 속초는 그냥 대도시였다. 세련된 터미널, 높은 아파트 단지들, 그리고 코인노래방. 숙소 가는 길에 코인노래방이 있으면 어쩔 수 없잖아. 숙소는 정해지지도 않았지만 왠지 그쪽 가는 방향에 있을 것 같았다. 확실했다. 나는 잠깐 들러 노래 네 곡만 조지고 나온다는 게 여덟 곡이나 부르고 나왔다. 알게 모르게 쌓은 스트레스가 꽤 있었나 싶다. 아무튼 숙소……가 있을 것 같은 방향으로 계속 걸으면서 휴대폰으로 글을 써 댔다. 내가 맥북과 아이폰을 쓰는 이유는 여기에 있다. 이동할 때 모바일로 쓰다가, 목적지에 도착하면 맥북으로 쓰던 곳부터 이어서 쭉 쓸 수 있다. 끊기지 않는 흐름, 리듬, 훌륭하다.

그렇게 가다 템포를 끊는 간판 하나. 면옥…… 냉면집 간판이었다. 천일면옥이라니. 가게 이름부터가 들어갈 수밖에 없는 이름이다. 나는 간판 화살표 쪽으로 들이닥쳤다. 그런데 가까이 가서 보니 가게 불은 꺼져 있고 문은 열리지 않았다. '월요일은 쉽니다'라고 쓴 종이를 붙여 놨다. 이따위 종이로 용서가 될 거라 생각하다니. 그렇다고 뭐라 할 수 있는 사람도 없었다. 체념하고 속초를 배회하다가, 아무 카페에 들어가서 아이스 라떼 하나 시키고 다시 글을 쓰기 시작했다. 한창 쓰다가 시간이나 보려고 휴대폰을 봤다. 부재중 전화가 찍혀 있다. 엥, 이 양반은, 내가 권고사직시킨 전 회사 팀원이 아닌가. 이런……

시시콜콜한 얘기였다. 전화할 용건이 아주 없진 않았지만, 그런 건 대강하고 안부인사나 했다. 어떻게 지내느냐, 잘 사느냐, 글 잘 읽고 있다, 재창업은 언제할거냐, 재창업은 무슨, 또 망할 일 있냐, 뭐 그런. 서울에 돌아가면 맥주나 한 잔 하자고 했다. 전화를 끊고 괜히 기분이 좋았다. 내가 망하게 만든 회사 팀원에게 연락이 온다는 게, 내가 아주 최악은 아니었나 싶은 느낌을 줘서……. 비겁한 감상이었다. 때때로 트라우마란 비겁한 방식으로 흐려지는 것이었다. 음, 감상에 잠겨 있을 시간이 아니었지. 다시 원고를 펼쳤다. 쓸 것이 잔뜩 있었다. 좋다.

인스타그램으로 속초 가면 꼭 가야 한다는 냉면집을 추천 받았다. 지도로 보니 도보로 삼십 분. 내

걸음걸이가 꽤 빠르니 이십 분쯤이면 도착하겠다, 싶어서 무작정 걸었다. 걸으면서 똑딱똑딱, 휴대폰으로 글을 쓰다가 차에 치일 뻔 했다. 조심해야지, 마음속으로 되뇌고 걸어가면서 또 썼다. 난 그냥 이렇게 살다가 죽을 것 같다.

양반집 함흥냉면에 도착. 가게 소개를 보니 착한식당에 등록된 곳이라나. 명태회가 들어간 함흥냉면을 먹었다. 맛은 있었다. 근데 감회는 덜했다. 서울에서 먹던 것과 큰 차이가 없는 것 같아서. 그래도 계산한 다음, 잘 먹었습니다, 배꼽인사하고 나왔다. 잘 먹은 건 사실이니까. 그거 한 그릇 먹었다고 배가 꽉 찼다. 그래도 난 평양냉면 쪽이 좋다.

사실은 걸어오면서, 속초 바다가 한 눈에 보이는 호텔을 예약했다. 시티뷰와 오션뷰가 딱 만 원 차이였다. 난 그냥 만 원 잃어버린 셈 치고 오션뷰로 질러 버렸다. 서울이건 속초건 칙칙한 도시보단 푸른 바다가 더 낫지. 당연한 거 아니냐고. 마침 땡처리라 놀랍게 저렴한 가격. 난 반쯤 미쳐서 다음 날 조식 뷔페까지 같이 예약했다. 이러다 죽는 건 아니겠지, 싶길래, 난 시발 내일까지 개열심히 쓸 거니까 이 정도는 먹어도 돼, 하고 뇌내일갈했다.

그거면 됐다.

　기껏 들어간 씨크루즈호텔 십칠 층 오션뷰 룸. 난 사실 바다를 몇 초 보지도 않았다. 방에 들어오자마자 노트북에 충전기 연결하고, 그냥 글 썼다. 그렇게 새벽 세 시까지 쉬지 않고 쓰다가 씻고 잤다. 일기……아니 역마가 점점 짧아지는 느낌이 있는데 어쩔 수 없다. 정말 열심히 일한 날은 설명할 게 없다. 굳이 덧붙이자면, 불규칙 속의 규칙은 또 하나의 불규칙이라는 말을 하고 싶다. 무슨 말이냐. 사실 나도 잘 모르겠다. 역마는 여정 끄트머리에 와서 일직선으로 달렸다.

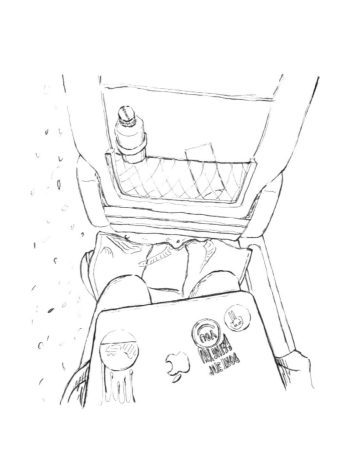

16

　네 시간쯤 잤다. 꿈도 꾸지 않고, 이렇게 깊이
잠들기를 몇 밤씩이나 지속한 것은 참 오랜만이다.
호텔 창을 열어 숨을 한 번 크게 들이마셨다. 덜 지
나간 새벽 공기가 폐를 울린다. 난 문을 반쯤 열어
놓고 의자에 앉아 글을 썼다. 한 시간쯤 됐을 때 갑
자기 경보 같은 게 울렸다. 화들짝 놀라서 보니 휴
대폰 알람이었다. 내가 이렇게 늦게 일어나려고 했
다니, 하고 알람을 끄고 나서야 깨달았다. 아. 어
제 조식 뷔페까지 계산했었지. 뷔페는 그냥 무난한
호텔식 뷔페였다. 건방지게 들릴 순 있겠지만. 호
텔에서 나오는 뷔페 음식이야 서울이든 춘천이든
거기서 거기다. 생각해 보면 난 어느 뷔페를 가든
먹던 것만 먹는다. 일단 접시 하나 들고 샐러드부
터 욱여넣는다. 그리곤 토스트에 버터 한 쪽 붙여

서 올리고, 에스프레소 머신에서 커피 한 잔 뽑아서 자리로 돌아온다. 그걸 먹고 나면……배부르다. 나머지는 그냥 보너스 스테이지다. 먹어도 좋고 안 먹어도 좋은. 보통 연어가 있으면 서너 조각을 덜어와 먹는 정도다. 누군가는 돈이 아깝다 하겠으나, 내 돈 내고 들어온 뷔페에서 뭘 어떻게 얼마나 먹든 내 맘이다. 어차피 투숙객이라 이십 프로 할인된 가격이었다.

나는 방으로 올라가 티비를 켰다. 컨퍼런스 파이널 칠차전을 틀어 놓고 노트북을 앞에 놨다. 무의미한 발악이었다. 마감을 코앞에 두고 보는 농구 결승전이라니. 한 글자도 쓰지 못한 채 열두 시가 넘어서야 체크아웃했다. 원래 체크아웃 시간인 열한 시를 넘겨서 추가 비용까지 지불했다. 시발 비용. 시발 비용.

휴대폰으로 글을 두드리면서, 속초시외버스터미널까지 삼십 분쯤 걸었다. 터미널은 새로 지어 세련된 티가 확 났다. 이것도 올림픽 효과일까. 난 어딘지도 모르는 지명들 사이에서 양구를 찾아냈다. 이유는 뭐, 당연히 가장 **빠른** 표였기 때문에. 나는 버스에 올라타서 또 다시 글을 두드렸다. 수

십 키로로 달리는 버스 안에서는 기이할 정도로 집중이 잘 됐다. 오른편에 시시각각으로 움직이는 그림을 놔두고 쓰는 느낌이다. 가끔씩 고개를 돌려보면, 첩첩산중에 벌레와 새소리와 가드레일이 보이다 사라진다. 아무리 멋진 그림이라도 지나간 뒤에는 볼 수 없다. 다시 와서 본다 한들 예전 같지도 않을 것이다. 난 아쉬움을 동력 삼아 또 글을 썼다.

속초에서 양구로 가는 길은 몹시 험했다. 버스가 가드레일 바깥으로 떨어지는 건 아닌지 노심초사했는데, 십 분쯤 지나서는 아무렇지도 않았다. 그렇게 죽으면 그게 내 운명이려니 해야지. 죽을 때 죽더라도 글은 쓰면서 죽어야 했다. 그렇지 않으면 편집자가 내 장례식장에까지 와서 원고를 독촉할 테니까. 빠르게 잘 쓰는 것이 아니라, 잘 쓰면서 속도도 빨라야 했다. 뇌가 돌아가는 소리와 타자 울리는 소리가 조금씩 균형을 맞춰갔다.

양구 터미널에는 금방 도착했다. 도착해서 밖에 나와 보니 군인 백화점들이 줄지어 있다. 검색해 보니 양구는 근처 부대 장병들이 자주 찾는 곳이라 한다. 읽고 보니 어디서 들었던 것 같기도. 고등학교 지리 시간이었던 것 같다. 양구, 양구, 아,

정중앙……. 왠지 반바지에 반팔인데도 덥다 했다. 걸어 다니는 모든 곳이 찜통이었다. 하물며 군복에 모자까지 쓰고 돌아다니는 군인들은……, 보기만 해도 더웠다. 난 근처 카페를 찾다가, 언덕 위에서 양구 전경을 볼 수 있다는 카페 테라스로 올라갔다. 사방팔방이 산인데 도시가 물처럼 고여 있었다. 나는 바람에 젖어가며 글을 썼다.

마감에 앞서 출판사와 통화를 했다. 그래도 삼십일 일까지는 어떻게, 초고는 완성이 될 것 같습니다, 했다. 의외로 그렇게 타이트한 건 아니니 조금 늦춰도 좋다는 뉘앙스가 있었다. 그러고 싶지 않았다. 이렇게 먼 길로 도망 와 놓고, 책 한 권마저 쓰지 못한다고……그렇게 하고 싶지 않았다. 내 반드시 유종의 미를 거두고 당당히 서울로 돌아가리라. 그러면 모든 것이 해결될 것 같았다. 나는 통화를 마무리하고 다시 앉아 글을 썼다. 중천에 올랐던 해가 조금 기울었다.

두 시간쯤 있다가 일어섰다. 오후가 되면서 바람이 너무 불기도 했고, 해가 지기 전에는 묵을 곳을 찾아야 했다. 양구에 적당히 묵을 만한 곳이 있을까? 다행히 나는 모바일로 양구 터미널에서 차로 오 분쯤 걸리는 곳의 호텔을 예약했다. 터미널 앞에서 택시를 타니 눈 깜짝할 새 도착했다. 호텔은 지은 지 꽤 오래된, 전형적인 팔구십 년대 고급 호텔이었다. 그래도 여기까지 와서 이 정도면 감지덕지지 하고 당당히 들어갔는데. 문제가 생겼다.

체크인이 불가능했다. 만실이란다. 모바일 앱으로 예약을 했고 돈도 빠져나갔는데. 알고 보니 만실이라 예약을 받지 못하는 것을 호텔 측에서 수정하지 않아 발생한 문제였다. 오투오 서비스에서 흔히 일어나는 일들이다. 아이티 업종에 종사한 것이 이런 상황에 대한 이해도를 높여줄 줄은 몰랐다. 난 그럼 뭐 어쩔 수 없죠, 하고 호텔을 빠져나왔다. 그런데 참, 여기까지 나는 택시를 타고 왔지.

택시로 오 분 걸리는 뻥 뚫린 길, 걸음으로는 삼십 분 정도가 걸렸다. 저녁이 가까워 바람이 불기 시작했다. 더위가 덜함을 넘어 살짝 추웠다. 나는 터미널로 다시 돌아왔다. 양구에는 묵을 곳이 없었다. 당장 앉아서 글을 쓰고 싶었다. 그 상황에서 내가 할 수 있는 일은 춘천으로 가는 마지막 버스표를 끊는 것이었다.

춘천 터미널 인근의 무인텔을 미리 예약하고,

버스에 올라탔다. 그리고 몰입⋯⋯. 번쩍! 하고 켜진 버스 전등에 정신을 차렸다. 춘천이었다. 어째서 버스 안에선 이렇게 글이 잘 써지는 거냐. 누가 달았던 댓글처럼 정말이지 떠돌아다니면서 글을 쓰는 게 적성이고 팔자인 걸까. 벌써부터 교통비가 걱정됐다. 버스에서 내리자마자 맡은 춘천은 비에 젖은 콘크리트 냄새였다. 춘천시외버스터미널 근처 풍경은 서울과 다를 바 없었다. 터미널 옆에 이마트가 딱, 그 왼쪽에 스타벅스가 딱, 맞은편으로 크고 작은 상가와 아파트 단지가 딱, 비교하자면 공덕역 이마트 근처가 이런 느낌이었지. 커피 큰 거 하나 사서 택시를 탔다. 나는 지도 앱을 보면서, 목적지 근처에 큰 건물이나 공원, 사거리가 없는지 찾아봤다. 내가 예약한 무인텔은 작고 저렴한 곳이어서, 택시기사에게 말한들 알아들을 리 없었으니까. 이게 불씨가 됐다.

지도 근처에 있는 지형지물을 나열하듯 말해봤는데, 택시기사가 알아듣지 못했다. 그나마 수변공원으로 가 달라는 말이 통해서 택시가 움직이긴 했다. 수변공원은 숙소와 조금 거리가 있는 곳이었다. 뭐 어쩔 것인가. 나머지는 걸어서 때워야지, 하는데 기사가 나더러 지금 수변공원에 왜 가느냐고 물었다. 나는 정확한 목적지는 아니지만 제가 가려는 곳 근처라서 그냥 거기 내려주시면 걸어갈 요량이라고 했다. 여기서부터 대화가 이상하게 흘러가기 시작했다.

그냥 정확하게 건물 이름을 말해 주면 될 것이지 왜 말을 못하냐, 무슨 호텔이냐, 이름을 말하면 될 것 아니냐. 나는, 제가 묵는 곳이 호텔도 뭣도 아니고 그냥 작은 무인텔이라서 말씀드려도 모를 겁니다. 그냥 내려주시면 알아서 걸어갈게요, 했다. 기사는 거기서 멈추지 않았다. 제발 말을 하라고, 이렇게 답답한 손님은 처음이라고. 나는 예약한 무인텔 이름을 이야기해 줬다. 기사는 이름을 듣더니 어, 거긴 들어본 적 없네, 했다. 바보가 된 기분이었다.

그래서 싸웠다. 제가 그랬잖아요, 말씀드려도 모를 거라고. 제딴에는 기사님 배려해서 그렇게 말씀드린 건데, 왜 바보 취급하듯이 말씀하시냐고⋯⋯. 나와 택시기사는 어두컴컴 불 꺼진 수변공원 앞에 차를 멈추고 말싸움을 했다. 기사는, 봐라, 여기에 뭐가 있냐, 니가 여기서 뭘 할 거냐. 난, 그냥 내려 주면 알아서 걸어가겠다구요, 나이가 어리다고 손님한테 반말해도 되는 겁니까. 정말 무의미한 다툼이었다. 택시기사는 삼 분쯤 다투다 나더러 들릴 듯 말듯 개새끼, 라고 뇌까린 뒤에 차를 타고 떠났다. 나는, 그 말보다 그 말이 나올 때까지 멈추지 않은 나 자신에게 화가 났다.

　분명 평소 같았으면 그냥 넘어갈 수도 있었을 일이다. 내가 춘천 지리를 잘 모르는 건 사실이니까. 바보라면 바보고, 그래서 바보 취급 당하듯 이야기를 들어도 싸다. 다만 그때의 나는 잠도 얼마 못자고, 써야 할 글은 아직 잔뜩 남았고, 땀에 젖었던 몸까지 찝찝해서 극도로 예민해진 상태였다. 난 무인텔에 걸어 들어오면서 참, 나도 아직 사람 되기는 글렀구나, 개새끼라 해도 달리 받아칠 건덕지가 없구나.

　신기하게도 감정의 동요란 인정하는 순간부터 가라앉는 것이었다. 나는 세수를 하고, 땀에 절은 몸을 씻고, 편의점에서 사온 커피를 쭉 마시고, 숙소 소파에 앉아 글을 썼다. 가라앉은 마음과 눈꺼풀로 새벽 네 시까지 그렇게, 쓰다가 소파에서 잠들었다. 깨끗한 침대는 역마의 몫으로 남겨뒀다.

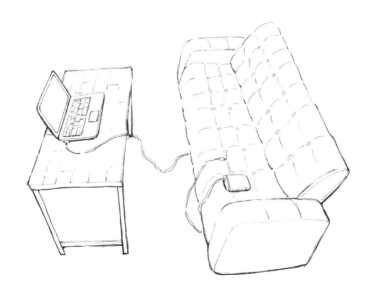

17

침대 위에서 눈을 떴다. 음, 분명 소파에서 잠든 것 같은데. 아마 중간에 일어나 화장실에 갔다가 침대에서 잔 것 같다. 그게 아니면 뭐, 초자연적 현상이겠지. 소파 위에는 자다 뱉어 놓은 노트북. 마감이 하루밖에 남지 않았다. 나는 한 문장이라도 더 쓰고 씻겠노라고 객기를 부리다 한 시간 뒤에나 씻을 수 있었다. 아, 인간은 왜 샤워를 해야 하는 걸까. 그야 머리가 떡진 채로 돌아다니면 찝찝하니까 그렇지. 흠. 그런가. 머리 아래로 모텔 샴푸 냄새가 어려 온다.

무인텔 밖은 새가 내리쬐고 해가 지저귀는 언덕이었다. 왠지 들뜬 마음으로 내려가 걸었다. 터미널까지의 길은 대체로 차도 없고 적적한 거리였다. 시간이 아까워 글을 쓸 법도 했다. 춘천에 햇빛이

묻지 않았다면 그랬을 것이다. 흠, 마감은 아직 하루나 남았군. 터미널로 가는 길목 앞에는 풍물시장이 있었다. 생각 없이 스쳐 지나가다 칼국수 집을 지나쳤다. 메뉴에 보리밥, 오천 원이라고 써 있었다. 나는 드물게 발길을 돌려 가게로 들어갔다.

움직임이 굼뜬 할머니 한 분이 꾸리고 있는 가게였다. 나는, 어머니, 보리밥 하나 주시겠어요, 했다. 반응이 없어 다시 아주머니, 하니 옆에 앉아 있던 손님이 거들었다. 할머니가 귀가 잘 안 들리세요, 그리고 보리밥은 그냥 옆에서 퍼다 먹으면 돼요. 나는, 아, 그렇군요, 하고 머쓱한 기분으로 밥통을 열었다. 핀잔을 들었는데도 기분이 나쁘지 않았다. 손님들이 그 가게와 할머니를 얼마나 아끼는지가 느껴졌다. 왠지 그랬다. 대접에 보리밥을 한 공기 퍼 담았다. 그리고 옆에 늘어놓은 상추와 열무와 취나물과 콩나물과 고사리와 기타 이름을 알 수 없는 푸성귀들을 잔뜩 담고, 직접 담근 듯한 고추장 한 숟가락과 참기름을 한 바퀴 빙 둘러 자리에 앉았다.

그대로 퍽퍽 비비고 있으려니 할머니가 기척도 없이 다가와 물김치를 한 사발 두고 갔다. 나는 감사합니다, 잘 먹겠습니다, 하고, 비비고 있던 보리밥에 물김치를 숟가락으로 세 번 퍼 얹었다. 마침 물기가 없어 안 비벼지던 참이었다. 그리고 마침내 한 숟갈. 맛있다. 밥알 한 톨도 남기지 않고 싹싹 긁어 먹었다. 옆 자리 앉은 손님이, 더 먹어도 돼요, 여기선 열 그릇 먹어도 괜찮아요, 했다. 난 웃으면서, 열 그릇 먹으면 배 터져 죽겠는데요, 하고 일어나 현금으로 계산하고 나왔다. 언젠가 다시 한 번 올 수 있을까 싶었다. 참 희귀한 기분이다.

춘천 터미널에서 철원으로 가는 표를 끊었다. 승차홈 곁에 놓인 의자에 앉아 글을 쓰다가, 버스에 올라타서 계속 썼다. 수십 키로나 되는 거리. 바퀴 네 개 달린 교통수단은 원래 빨랐다. 서울에서만 그렇게 느렸을 뿐. 원고는 착오 없이 착착 진행됐다. 나는 철원군 사창리 터미널에서 다시 버스를 탔다. 내려 보니 다목리 터미널이라는 간판이 하나. 주위를 둘러 보니 군인과 군인백화점과 편의점과 국밥집 그리고 왱 소리도 없이 달려드는 각다귀 떼뿐이었다. 뒤늦게 아차 싶었다. 잘 곳도 없고, 여기서 고립되면 정말 큰일이겠는데.

버스에서 집중이 잘 된다는 생각에, 생각 없이

버스를 타고 다녔다. 덕분에 나는 내가 어디에 있는지도 몰랐다. 지도 앱을 켜서 보니 위치를 확인하는데도 한참이 걸렸다. 서울보다 휴전선이 몇 배는 더 가까운 곳이었다. 쓸데없이 두근대는걸, 하다가 정신을 차리고 매표소를 찾았다. 군인백화점 중 한 곳이 매표소를 겸하고 있었다. 나는 와수리로 가는 마지막 버스표를 끊었다. 표를 끊어주던 아저씨는, 요 버스가 사람 없다 싶으면 멈추지도 않고 지나간단 말야, 시간 놓치고 와서 표 환불해 달라고 하지 말어, 하고 툭 던지듯 말했다. 나는, 그런 사람이 다 있습니까, 놓치면 놓치는 거지, 안 그럴 테니까 염려 마세요, 했다. 아저씨는 그럼 그럼, 하고 헛기침을 했다.

사방이 산이라 그런 것일까, 정체를 알 수 없는 날벌레들이 달려들었다. 나는 벌레가 싫지만, 내가 싫어하는 벌레가 떼로 있는 이곳에 갇히기는 더 싫었다. 나는 간신히 버텨내고 버스에 올라탔다. 그런데 와수리, 여기도 읍면, 리인데. 여기보다 더 외진 곳이면 어쩌지 하는 약간의 불안감과 함께 글을 썼다.

와수리는 다목리에 비하면 대도시와 다를 바

없었다. 터미널에서 내려 둘러보니 퍽 번화한 길거리가 이어졌다. 오락실과 코인노래방과 롯데리아와 이디야 커피. 읍내의 상징 같은 것들이 줄줄이 나왔다. 중심지로 보이는 회전교차로 안쪽 기둥에 '청정도시 서면'이라는 문구가 붙어 있었다. 여기가 서면인가 하고 지도 앱을 켜서 보니 철원군 서면 와수리라고 돼 있다. 이제 서면하면 부산보다 이곳이 떠오를 것 같다. 한쪽에는 전통시장으로 이어지는 길이 있었고, 나는 거기서 면옥이라는 글자를 봤다. 냉면, 냉면이 거기 있었다.

평남면옥이라는 이름의 가게였다. 이제 면옥이라는 두 글자만 보면 가슴이 두근거리는 지경에 이르렀다. 들어가 한 자리를 차지하고 메뉴판을 봤다. 꿩냉면. 꿩고기가 들어가는……평양냉면이었다! 그리고 보니 이건 내가 살면서 가장 평양에 가까운 곳에서 먹는 냉면이로구나. 그렇게 생각하니 기대감이 무지막지하게 부풀어 올랐다. 흠, 이렇게 기대했는데 맛이 없으면 어쩌지.

어처구니없게 만드는 맛이었다. 메밀함량이 높아 뚝뚝 끊어지는 면은 분명히 평양냉면의 식감이었다. 그런데 육수, 육수가 입안에 미쳐 돌았다. 이

것이 꿩인가? 무엇이 육수로부터 이런 맛을 만들어내는가? 정말이지 강렬한 완냉이었다. 난 이 글을 읽고, 더 많은 사람이 꿩냉면을 먹어 봤으면 좋겠다. 이런 음식을 아는 사람만 즐기는 것은 불공평하다.

나는 완냉의 여운을 즐길 틈도 없이 계산을 마치고 나왔다. 아쉽지만 더 늦다간 숙소도 못 잡을 분위기였다. 빨리 어디론가 들어가서 써야 한다, 이런 조바심이 든 이유는, 서울에서의 강연과 원고 마감이 이십사 시간도 남지 않아서가 아니라, 원고의 마지막 문장이 떠오를 만큼 끝에 다다랐기 때문이었다. 이제 눈앞에 결승선이 떠올랐고, 역마는 떠돌지언정 달리는 말이었다.

나는 서면을 떠돌다가 관광호텔이라는 이름의 모텔을 발견했다. 내부는 호텔, 모텔이라기보다는…… 그냥 로비만 개조된 옛날 여관 같았다. 나는 오만 원을 내고 체크인한 뒤 방으로 들어갔다. 흰색 전등을 켜 보니 저렴해 보이는 침구가, 들어가 양말을 벗어 보니 발에 쩍쩍 달라붙는 방바닥이 못 견디게 잔망스러웠다. 서울을 떠난 첫날에도 딱 이런 곳에서 묵었지. 웃음이 터졌다. 찐득한 방바닥에 대고 제자리 뛰기를 했다. 쩍쩍, 쩍쩍, 붙어오는 발 아래의 감각과 소리. 형용할 수 없는 감각, 순간, 죽기 직전에도 떠오를 것 같은……나는 혼자뿐인 여관방에서 자지러지듯이 웃었다.

나는 대한민국을 한 바퀴 돌고서야 나를 찾았다. 늘 두던 그곳에 있었다. 왜 못 봤지? 고개를 갸웃하며 초고를 거의, 다 완성했다. 여관방 책상 오른편으로 인스턴트 커피 두 병이 빈 채로 뒹굴고 있었다. 시간은 새벽, 아니, 해가 막 떠오르는 아침 다섯 시 반이었다. 몰입을 깨고, 눈을 비비며 창문을 열었다. 멀리 보이는 산에서 바람이 달려왔다. 손이 차서 바지 뒷주머니에 집어넣었다. 오른손 끝마디에 뭔가 닿는 게 있었다. 꺼내 보니 전날 깜빡잊고 먹지 않았던 항우울제였다. 나는 창문을 열어놓은 채 잠들었다.

18

금방이라도 내려앉을 것 같은 천장이었다. 나는 일어나 이불을 갰다. 커튼을 걷어 바깥을 맞이했다. 최후의 아침. 최후의 햇살이었다. 낡은 커피포트에 물을 올려 놓고 화장실로 들어갔다. 화장실 바닥에 뭘 발라놨는지, 발바닥에 끈적끈적한 것이 달라붙었다. 난 머리와 몸을 가볍게 씻고 나갈 채비를 했다. 이젠 정말 떠나야겠지. 떠남으로부터 떠나야겠지.

얄궂을 정도로 환한 대낮이었다. 와수리 터미널에 가기 위해 큰 길로 나왔다. 쿵짝쿵짝, 정신없는 소리가 들려왔다. 그러고 보니 지방선거가 얼마 남지 않았더랬다. 본격적인 선거운동이 오늘부터였나. 제각기 다른 색의 유니폼들이 거리 위를 둥둥, 떠다녔다. 난 풍경처럼 바라보다 길을 재촉했다.

간신히 구색만 맞춘 터미널. 매표소 위의 시간표를 쭉 훑었다. 나는 의정부를 경유하는 남서울 행 노선을 찾았다. 표를 끊었는데 한 시간 반 정도가 붕 떴다. 터미널 맞은편 거리에 있는 카페로 들어갔다. 시원한 라떼 한 잔을 주문해 놓고 자리에 앉아 글을 썼다. 이젠 정말 얼마 남지 않았다.

지난 이틀 동안 나무처럼 글이 자라났다. 부족한 잎을 피워 내고, 잔가지를 쳐 내는 작업이었다. 생각해 보니 여태 내가 키웠던 식물은 얼마 안 가 모두 죽었다. 물을 많이 줘도 죽고, 적게 줘도 죽고, 해가 내리쬐도 죽고, 비가 흠뻑 내려도 죽었다. 나는 그냥 뭔가를 키우는 것에 재능이 없었다. 그럼 글을 키우는 것은 뭐가 다른가. 내가 쓴 글은 곧 나 자신이었다. 바삐 움직이는 손놀림 너머로 서서히 내가 피어올랐다.

시계가 정오를 가리켰다. 나는 터미널로 돌아가 의정부행 버스에 올라탔다. 탈고가 눈앞이었다. 나는 줄줄 흘러내리는 문장을 닦아 올렸다. 엔진 소리와 의자 아래쪽에서 올라오는 약간의 열기, 가끔씩 덜컹, 하고 오르내리는 시속 백 키로의 직사각형 박스, 모든 것이 뇌리를 찔러댔다. 나는 글자의 바다를 유영했다. 시야가 돌아와 건물을 올려다보니 의정부버스터미널이었다.

터미널을 빠져나와 십 분 정도를 걸었다. 눈을 돌리는 곳곳에 사람, 사람, 승용차와 건물……말이 의정부지 서울을 떼다 붙인 듯했다. 길가의 버스 정류장에는 익숙한 전광판이 있었다. 버스 번호와 도착 예정 시간을 알려 주는, 서울에서 쓰는 것과 완전히 같은 전광판. 벌써 서울에 돌아온 기분이 들었다. 기분이 나쁘다기 보단 그냥, 원치 않게 과속을 했다 싶었다.

칠십이-삼번 버스에 올라탔다. 가만히 타고 있으면 남서울까지 가는 버스에서, 굳이 경유지인 의정부에 들른 이유는 두 가지였다. 남서울터미널이 있는 서초까지 갔다간 동선이 꼬인다는 것과……평양냉면 때문이었다. 의정부 평양면옥은 의정부계 평양냉면의 뿌리가 되는 곳이다. 언젠가 가야겠다는 마음은 늘 있었다. 다만 관악구에서 단지 냉면한 그릇을 위해, 북쪽으로 수십 킬로를 간다는 것이 심리적으로 큰 부담이었다. 그런데 마침 북쪽에서 서울로 내려가는 길, 의정부를 경유하는 버스. 그냥 평양냉면을 먹으라는 계시였다. 어리석은 인간이

할 수 있는 일이라곤 계시를 받아들이는 것뿐이다.

　의정부 평양면옥은 터미널에서 도보로 삼십 분, 버스로 십 분 정도 걸리는 거리였다. 버스 정류장이 눈앞에 있어 버스를 탔다. 얼마 안 가 벨을 누르고 내렸다. 건물이 우거진 와중에 적적한 동네였다. 지도 앱을 체크하면서 면옥을 찾아갔다. 오래된 여관이 줄지어 있는 골목 한 쪽에 가게가 있었다. 냉면집이 이만큼 안 어울리는 곳에 있기도 힘들다. 가게 앞에는 차 다섯 대가 빈틈없이 주차돼 있었고, 입구에는 접시만두와 만두국을 계절메뉴로 바꿔서 지금은 팔지 않는다, 라는 문구가 있었다. 상관없다. 나는 면옥에 면을 먹으러 왔다.

　점심이 조금 지난 시간이었다. 뜨문뜨문 사람이 앉아 있었다. 난 아무 자리에나 가서 앉았다. 아주머니 한 분이 와서 면수와 반찬을 놓고 주문을 받았다. 당연히 거냉이었다. 십 분쯤 지나 냉면이 도착했다. 난 그릇을 들어 육수를 한 입 머금었다. 을지와 필동의 어머니 되는 맛. 아리하게 퍼지는 파와 고춧가루향 사이로 메밀이 들어와 툭툭 끊겼다. 단아하면서도 고혹적인 매력이 있었다. 십 분도 안 돼 육수까지 몽땅 비웠다. 역시 난 냉면이 좋다. 좋은 기억은 늘어뜨릴수록 가늘어진다. 난 계산을 마친 후 뒤도 돌아보지 않고 나왔다.

면옥이 있던 골목에서 큰 길로 나왔다. 길을 따라 이십 분쯤 여유롭게 걸었다. 소화에 걷기 만큼 좋은 것도 없다. 이번 여정으로 얻은 깨달음이었다. 걷다보니 왼편 하늘 아래로 거대한 사각건물이 딱. 신세계 백화점이 왜 저기 있어, 하고 더 걸어가보니 옆 건물에 의정부역이라는 사인이 붙어 있었다. 나는 마침 잘됐다, 저기서 원고를 끝내고 바로 차를 타고 강연장으로 가면 되겠군, 하고 역사로 향했다. 나는 비로소 서울로 가는 길목 끄트머리에 서 있었다.

의정부역 스타벅스는 어수선하기 짝이 없었다. 사람이 이쪽저쪽으로 바글바글 끓었다. 에어컨을 틀어놨을 텐데도 열기가 느껴졌다. 나는 무지방 라떼를 큰 사이즈로 주문해 벌컥벌컥 마셨다. 자리도 마땅치 않아서, 삼 분쯤 기다렸다가 콘센트 있는 공용 탁자 구석에 겨우 앉았다. 이어폰을 꽂고, 노트북을 꺼내서 원고의 마지막 부분을 쓰기 시작했다. 아기 울음소리가 이어폰 안쪽까지 비집고 들어왔다. 카페 사람들의 말소리, 발소리, 그라인더

와 믹서 소리를 귓바퀴에 가둬 놓고 계속해서 썼다. 낯설고 익숙한 기분이었다. 맞아. 난 이렇게 글을 써 왔다. 아무 곳에서나 주저앉아서, 주위는 생각하지도 않고 마구 써댔다. 아무도 봐주지 않을 것 같던 글도……

오후 다섯 시. 찰나의 시간이 남았고, 나는 결말을 향해 글을 몰고 들어갔다. 눈이 핑핑 돌고 손이 제멋대로 움직였다. 같은 부분에서 몇 번이고 오타가 나서 계속 고쳤다. 손가락 마디마디가 파르르 떨렸다. 그리고 마지막 문단, 문장, 단어, 이제 마침표, 찍을까, 말까, 안 찍는 게 더 괜찮을 수도, 아냐, 그래도 마지막에는……아, 그냥 찍어! 끝! 원고가 끝났다.

오후 다섯 시 반. 의정부역에서 서울, 신촌으로 향하는 노선은 엄청 돌거나 시간이 맞지 않았다. 강연시간은 일곱 시였고, 결단을 내려야 했다. 난 의정부역 앞에서 지나가는 택시 중 하나를 잡아탔다. 신촌로터리 가 주세요, 하고 가방을 열어 노트북을 다시 꺼냈다. 초고 완성본을 편집자님에게 송부했다. 그리고 강연 자료. 아무렴 두 시간 동안 화면하나 안 띄워 놓고 말을 할 수는 없었다. 지금 상황에서 가장 빠른 방법은, 예전에 썼던 자료를 활용하는 수밖에 없다. 그렇게 노트북에 있는 자료 중에서 쓸 만한 자산을 찾고 있는 와중에, 끽! 어?

오후 다섯 시 사십분. 택시는 십 분 정도 움직이더니 갑작스레 멈춰섰다. 기사는 도착했으니 계산해 달라고 했다. 도착? 나는 당황하면서, 저, 저는 신촌로터리 가 달라고 말씀드렸는데요, 뭐? 여기가 신촌교차로인데? 뭐라구요? 지도 앱을 꺼내보니 지명이 나왔다. 경기도 의정부시 가능동, 신촌교차로……

오후 다섯 시 사십오 분. 나는 택시에서 내렸다. 택시기사는 서울에 있는 신촌교차로는 못 간다면서, 미안하다고 하고 떠나버렸다. 내가 어떻게 알았겠는가. 의정부에 신촌 '교차로'가 있을 줄은. 나는 기도하는 마음으로 카카오택시를 켰다. 스마트, 스마트 호출. 돈 천 원을 따질 때가 아니었다. 잘못했다간 터무니없이 늦은 시간에 도착할 수도 있었다. 서울까지 가는 길에 차가 얼마나 막힐지도 몰랐다. 오 분쯤 지나 택시가 출발했다. 의정부 신촌교차로에서 서울 신촌로터리로 가는.

오후 다섯 시 오십 분. 나는 새로운 택시기사에

게 아무 길이든 괜찮으니 최대한 빨리 가달라, 돈은 나오는 대로 다 드리겠다고 당부했다. 기사는, 그럼 최대한 안 막히는 길로 가겠습니다, 했다. 뻥 뚫린 길로 돌아서 가겠다는 뜻이었다. 돈은 훨씬 많이 나오겠지만, 달리 방법도 없었다. 난 다시 노트북을 꺼내들었다. 이번 주제와 관련된 강연 자료는, 딱 일 년 전에 썼던 자료가 하나 있었다. 없는 것보다는 한결 나았다. 나는 표현을 수정하고, 폰트를 바꾸고, 디자인을 조정하고, 날짜와 수치를 갱신하고, 새로운 내용을 덧붙이고 하는데 삼십 분 정도가 걸렸다. 나는 피디에프파일로 변환해 주최 측 담당자에게 보냈다.

오후 여섯시 반. 택시가 고양으로 돌아 자유로에 진입했다. 길이 이전보다 막히기 시작했다. 나는 슬라이드를 하나하나 넘기면서 멘트를 정리했다. 한 시간에서 한 시간 반 동안 강연, 나머지는 질의응답으로 채워달라는 주최 측의 요청이 있었다. 요약할 부분과 좀 더 자세히 얘기할 곳을 구분하고…… 제길, 강연신청자 명단이라도 미리 받아두는 건데. 청자가 어떤 사람인지 모르니 뭘 얘기해야 할지가 애매했다. 난 준비해 둔 대본을 읽는

타입은 아니었지만, 최소한의 가닥도 잡아 놓지 않고 가는 건 어불성설이었다.

오후 여섯 시 오십 분. 택시는 최대한 달리고 있었지만, 간간히 신호에 막혀 시간이 지체됐다. 나는 생각을 정리하기도 바빴다. 끝에는 어떻게 마무리를 해야 하나? 시작과 마무리는 늘 어려웠다. 그러다 정신을 차리고 주최측에게 십 분쯤 늦겠다고 문자를 보냈다. 실제로는 오 분 정도 늦을 테니 시간을 좀 벌어 달라는 신호였다. 얼마 안 돼서 '최대한 빨리 오세요 ㅠㅠㅜㅠㅜ'라는 답변이 왔다.

오후 일곱 시 정각. 원래는 강연이 시작했어야 할 시간이었다. 신촌이 코앞인데, 또 다시 신호에 막혔다. 머리가 지끈했다. 미터기에는 사만 팔천이라는 숫자가 찍혀 있었다. 나는 아무 말도 하지 않았다. 늦은 것도, 비용이 많이 나온 것도 택시기사의 잘못이 아니다. 아마 최선을 다했을 것이다. 잘못이라면 내가 늦은 잘못이겠지. 일이 분쯤 더 가니 꽉 막힌 자동차 행렬 너머로 신촌로터리가 보였다. 나는 지갑에서 오만 원 권을 꺼내 드리고, 잔돈은 괜찮습니다, 하고 뛰쳐나왔다. 그리고 강연장까지 냅다 달렸다. 이미 늦었다는 건 중요하지 않다. 최선을 다한 끝에 늦었다는 게 중요하다. 적어도 내겐 그랬다.

오후 일곱 시 오 분. 나는 마침내 강연장 입구에 도착했다. 내 얘기를 듣겠다고 모인 사람들이 어림잡아 사오십 명쯤, 앉아있는 것이 문틈 너머로 살짝 보였다. 나는 숨을 고르고, 옷에 묻은 먼지를 털고, 이마에 흐르는 땀을 닦고, 흠, 험, 목을 풀고, 문을 열고 들어갔다. 허름한 행색이었다. 올이 나온 검은색 티셔츠. 청바지는 허벅지 안쪽 보이지 않는 곳에 구멍이 터졌다. 신발에는 거뭇거뭇 짙은 때가 꼈다. 주최측과 만나 짧은 인사를 나눴다. 그리곤 마이크를 점검하고, 쭈뼛쭈뼛 앞에 나가 섰다. 청중들은 '이 사람이 강연자야?'란 표정으로 날 바라보기 시작했다. 정적이 흘렀다. 난 편안해진 마음으로 마이크를 손으로 툭툭, 건드려 봤다. 음향은 정상이다. 발표 자료도 띄워졌다. 지독하게 길었던 원고도 끝났다. 괜히 웃음이 났다. 마이크를 들어 올려 첫 마디를 꺼내봤다.

"늦어서 죄송합니다. 조금 돌아오느라⋯⋯."

〈끝〉

Epilogue

집에 돌아왔다. 몸이 기억하는 비밀번호. 현관을 열고 들어갔다. 방문 앞에는 택배상자가 두개 쌓여있다. 내가 뭘 주문했더라. 일단은 들고 안으로 들어왔다. 뭐 대단한 거라고 침을 꿀꺽 삼켰다. 내 방은 십팔일의 공백에도 여전했다. 안락한 침대, 멀리 마중 나와 있는 의자와 팔걸이에 걸린 외투, 떠나기 직전 흩뿌려 놓았던 옷들도 변함없이 그 자리였다. 나는 가방을 내려놓고, 잠시 남의 집에 온 듯 침대에 살짝 걸터앉았다. 적막한 놀이였다. 관두자 싶어 침대에 드러누웠다. 내 몸 모양에 맞춰 푹 꺼지는 침대. 편안하다. 나는 그 상태로 잠깐 잠들었다.

그 뒤로 어떻게 됐냐고? 뻔한 이야기다. 나는 강연을 끝내고, 연세대 건물 앞 벤치에 앉아 샌드

위치, 간단한 저녁식사를 마치고, 음악을 몇 곡 듣다가, 익숙한 신촌 거리를 걸어 나와 로터리에 나왔다. 사람이 무척 많았다. 나는 현기증이 나서, 길을 건너자마자 택시를 잡아탔다. 오랜만에 보는 꽃담황토색 택시. 택시기사의 깔끔한 서울 사투리. 아이구, 어디로 모실까요? 으음, 네, 신림동 쪽으로 가 주세요, 미림여고 방향으로.

택시가 서울을 가로질렀다. 창밖으로 익숙했던 경치들이 줄지어 밀려들었다. 음, 나는 집으로 가고 있는 것이로구나. 한강대교를 건너고, 상도터널을 지나, 동작과 관악을 구분 짓는 언덕을 넘으면 서울대입구, 한때 내가 만든 회사가 있었던. 곧 관악구청 오른편으로 난 길로 들어가면 쑥고개, 쑥고개를 넘으면 이제는 정말 집 근처다. 안녕! 빌어먹을 대학동. 내가 죽일듯 증오하고 또 사랑하는…….

나는 완전히 집 근처에 와 놓고도, 집에 들어갈 엄두가 나지 않아 근처 카페에 들어갔다. 전공서적과 시험교재를 늘어놓고 공부를 하고 있는 사람들. 오래된 진풍경이다. 나는 거기서 살짝 거리를 둔 곳에 앉아 노트북을 폈다. 그리고 글을 쓰기 시작했다. 원고가 다 끝났는데 또 글이라니. 음, 탈고라고 해서 완전히 탈고는 아니다. 자잘하게 더 들어갈 부분도 있고, 책에 들어갈 삽화에 대해서도 논의해야 하고, 대충 정해 놨던 책 제목을 그럴듯한 걸로 바꾸고, 책 날개 같은 곳에 들어갈 작가 소개 같은 것도 다 써야 한다. 물론 본문을 작성하는 것에 비하면 즐거우리만큼 편한 작업이다. 그래도 당장은, 글로서의 '역마'를 마무리해야지.

　역마는 언제부터 글이 됐을까? 처음 시작할 땐 그냥 일기였는데. 나도 참 속물적인 글쓰기를 한다 싶었다. 처음에는 단순한 반항심의 발로였다. 나는 대외적으로 리뷰 콘텐츠를 쓰는 인간이다. 사람들이 내게 기억하고, 기대하는 것이라곤 드립과 뻘소리가 난무하는 리뷰일 뿐이다. 나는 리뷰 쓰는 일이 재미가 없어졌을 때도, 어느 순간부터는 딱히 '리뷰'라고 할 수 없는 것들만 써내기 시작했을 때도, 어느 정도 타협하는 마음을 갖고 있었다. 페이스북에 통하는 글이라곤 카드 형태의 가볍고 쉬운 글, 혹은 사람들 홀리기 쉬운 자극적이고 극단적인 관점으로서의 글뿐이야. 내 글은 아무도 읽어주지 않으면 가치가 없고, 내가 쓰려고 하는 글은 사람들이 내게 원하는 것도 아니니까…….

언제부턴가 나는 내가 싫어했던 사람들과 똑같은 말과 생각을 하고 있었다. 견딜 수 없는 기분이었다. 다 무시하고 글을 써보기로 했다. 생각이 되는대로, 손이 가는대로 닥치는 대로 써서 올렸다. 자 봐라, 이게 내가 원래 쓰고 싶었던 글이야. 너희가 좋아할 만한 얘기라곤 단 하나도 없지. 카드뉴스도 동영상도 아닌 수십 줄짜리 글 뭉텅이에 자극적인 제목도 없고, 처음부터 끝까지 내가 찌질하게 도망 다니면서 한 생각과 행동에 대한 묘사뿐이야. 니들이 그렇게 좋아하는 명확한 결론이나 세 줄 요약도 없어. 이런 글, 읽기 싫어 죽겠지……관심도 없겠다. 하하.

정말 생각지도 못한 반응이었다. 내 생각과 표현에 대해 좋다, 재미있다, 더 써 달라는 얘기와 지금 내가 원하는 대로 쓰는 글이 가장 좋아 보인다는 사람도 있었다. 나는 참으로 속물이었다. 도망치는 스스로에 대한 자괴감, 약으로도 해소되지 않는 우울함, 그리고 내 이런 감정에 대해 관심도 없는 사람들, 아니, 관심이 없어야 할 사람들에 대한 비아냥으로 쓴 글이 좋은 반응을 얻었고, 난 내가 쓴 글과 거기 달린 댓글을 몇 번이고 읽었다. 너무 오랜만에 느끼는 기분. 두 번째 역마 글을 올린 뒤에, 나는 댓글을 보다가 무언가 복받쳐 올라 울고 말았다. 부끄러운 이야기지만.

바뀐 것은 없었다. 내가 머물던 집과 그 집이 머무르는 대학동은 날씨 빼고 모든 것이 똑같았다. 떠나기 전보다 조금 더 더워졌다. 낮 기온이 최대 육도 정도. 나는 역마의 마지막 편을 마무리하고, 바깥에서 시간을 좀 보내다가, 집으로 돌아갔다. 잠깐 졸다 일어나서 몸을 씻고, 짐을 풀었다. 보름 넘게 전국을 싸돌아다닌 짐 치곤 정말 별 것 없었다. 그나마 가장 많은 부피를 차지하던 옷과 노트북을 빼고 나니 별 것도 없었다. 나는 풀어놓은 짐 속에서, 여정 중에 세 번은 족히 읽은 윤동주를 집어 잠깐 읽었다. 가진바 씨앗을, 뿌리면서 가거라. 발뿌리에 돌이 채이거든, 감았던 눈을 와짝 떠라. 와짝.

결국 내가 원했던 건, 창피하지 않은 글을 쓰는 것뿐이었다. 그러나 나는 내 글에 찍히는 좋아요가 줄어드는 것이 창피했고, 그래서 사람들이 더 봐줄 만한 소재와 표현을 고민하는 것이 창피했고, 그런 창피함으로 생활은커녕 글 한 줄 더 적지 못하는 내가 창피했다. 나는 창피해서 도망쳤다. 누군가는 내 역마를 도전적이고 멋있는 여정이라 했지만, 모르는 소리다. 나는 창피해서 도망쳤다. 그럼에도 감사한 것은, 창피해할 줄 아는 나를 되찾은 것만큼은 창피하지 않기 때문이다. 나는 더 이상 창피하지 않은 글을 쓰고 싶다.

오랜만에 도림천에 나가 농구를 했다. 몸 상태가 썩 괜찮았다. 모든 골을 성공시키진 못했지만, 기분은 좋았다. 열 시 쯤 돼서 집에 돌아왔다. 몸을 씻고 양치를 하고 침대에 드러누웠다. 티비를 틀어 뉴스를 십 분쯤 보다 껐다. 전등을 끄고, 매일 바라보던 천장을 바라봤다. 이런 느낌이라면 십 분도 안 돼서 잠들겠군. 그래, 내일은 뭘 하면서 살아 볼까. 어떻게 글을 쓸까. 어떤 나 자신으로 떠나 볼까. 역마는……

역마

지은이
이묵돌

Copyright © 이묵돌, 2019

초판1쇄 펴냄
2019년 7월 1일

ISBN   979-11-89680-06-0 (03810)

초판4쇄 펴냄
2023년 1월 23일

값   13,000원

편집
김미선

그림
최규연

펴낸곳
도서출판 이김

브랜드
냉수

냉수는 도서출판 이김의 문학·에세이·코믹 브랜드입니다.

등록
2015년 12월 2일
(제25100-2015-000094)

잘못된 책은 구입한 곳에서 바꿔 드립니다.

주소
03964
서울시 마포구 방울내로 70, 301호

이 도서의 국립중앙도서관 출판예정도서목록 (CIP)은 서지정보유통지원시스템 홈페이지(http://seoji.nl.go.kr)와 국가자료공동목록시스템(http://www.nl.go.kr/kolisnet)에서 이용하실 수 있습니다.
(CIP제어번호 : CIP2019021836)

이메일
LHhOT@leekimpublishing.com